文景

———

Horizon

社 科 新 知　文 艺 新 潮

旧物的灵魂

郭婷 — 著

上海人民出版社

目　录

第一章　隽永的时光术：欧洲、美国、亚洲慈善店小史

第四章　二手书的国度：旧书、绝版书与精装古书

第五章　流光宴饮：温暖烛光映照的回忆

时间与存在：

如何从过去生出未来

人的存在是时间性的。正因如此，关乎未来的永续生活与关乎过去的旧物发生了关系。因为和老人一起长大的缘故，我的很多习惯都像上了年纪的老太太，尤其是喜欢收藏古董旧货。在混乱的时代中，祖父母辈曾经失去的，不仅是物件，还有对当下生命的信任。

旧物带有历史感：它们的生命历程在于过去；人的存在是单线性的，发生过的事永不复临。好比米兰·昆德拉讲的笑话，罗伯斯庇尔（Maximilien de Robespierre）如果在永恒回归中不断出现，不断砍法国人的脑袋，那么其孤胆英雄色彩也就更少三分。

旧物也正因此独一无二。而它们作为现今语境中的"古董"和"旧货"，又获得了与当下相连的存在感，也与现今语境中的人发生关系。个体存在的时间性与旧物的历史时间交汇，不同范畴的"时间"相互融合但又各自行进，使得生活在当下的拥有者跨越时空并得以更改时间的向度。对恋旧者而言，"时间"有了个体存在意识之外的历史意识，后者亦是前者生命实践的参照物。个体生命不单在纵向上得以延展，也在横向上并蓄宽博。而旧物也得以拥有更为丰富和能动的生命层次，它们见证过往，连接当下，生成未来。

相比很多亚洲地区，英国社会并没有经历颠覆性的革命（即便在欧洲范围内做比较），因而较为平稳，历史传承与物件保存得相对完好，二手店也较普遍和丰富。这令习惯和喜爱旧物的我如鱼得水，潜意识中也暗含老人家心愿：他们曾经丢失的、被侵占和夺走的，我都希望能够代为收还。好像每一次探街访巷，擦拭和清洗都是在拼凑他们失去的岁月、信仰和希望。

一直都很喜欢里尔克（Rainer Maria Rilke）在家信中所描绘的意象：

> 有时我在塞纳路（rue de Seine）上经过那些小店。卖旧物的商家、卖旧书的小贩、橱窗里摆得满满的卖铜版画的人。从未有人光顾他们，他们显然也没有做成什么生意。但如果你进去看看，你就会看见他们坐着，坐着读书，无忧无虑；既不担忧明日，也不焦虑成败。或者一条狗，蹲踞在他们身前，兴致勃勃；或者一只猫，沿着书列漫行，仿佛在擦拭书脊上的名字，为宁静更添宁静。"人生如此，足矣！"我有时也渴望买下这样一个摆满的橱窗，伴着一条狗坐在后面，一坐二十年。黄昏时分，后房里有灯，前面一片幽暗，我们三人坐着，吃饭，在后面；我注意到，从街上看，每一次它都显得像一次晚餐，如此盛大而节日般地弥漫在幽暗的空间。但因此人也不得不始终拥有所有的焦虑，大的、小的……[1]

---

[1] 此段译者为陈宁（Dasha）。

收藏的内容多起来，朋友每每来做客都惊叹；也想出各种方法交换、义卖。书中陆续介绍的这些物件，在被我发掘之前都已有些年头，但依然状态良好，看得出历任主人都曾悉心爱护。这份对"物"的珍惜，并不是执着物质拥有本身，而是对制造者的感激，对"拥有"的郑重，以及对由人与旧物的关系所生成的更广阔的存在和时间的珍重。这份郑重和珍重赋予物件生命，也让下一任拥有者体会（甚至交融）这一层层生命的意义。

是为序。

第一章

隽永的时光术

欧洲、美国、亚洲慈善店小史

"慈善店"是什么？对亚洲的读者而言，慈善店的概念可能有些陌生。近几年亚洲也开始流行"中古"（mid-century）风格，其实中古物件也是慈善店中的一部分，因为很多慈善店都有古董。但慈善店和中古店或古董店的不同之处在于，慈善店的目的不仅是盈利，还兼具社会慈善的功能，或者索性由慈善机构运营，比如英国的癌症研究基金会、流浪者之家、宠物救助机构等等都有自己的连锁慈善店，收入用于慈善事业。慈善店的衣物来自大家的捐赠，所以每家店的商品都由它所在的国家、城市、街区等决定。可能有古董，但不止于古董，也有很多是当季流行的款式，因为多是附近的居民由于搬迁、换季或其他原因整理出来，捐给慈善店的。这样一来，慈善店在进货上就节省了成本。同时，许多慈善店的员工都是志愿者，在水电、租金等基本开支上也享有一定的优惠政策，所以店主能把大部分收入用在公益事业上。

　　英国的慈善店历史悠久，在那里时购买二手衣物更容易；搬回亚洲后，又生活在以快捷、快消著称的金融之都香港，一开始有些不习惯。但后来发现，其实香港也有独特的慈善店，绿色生活的概念正逐渐以非常在地的方式深入人心。

惜物爱物的生活理念

慈善店，在英国称 charity shop、thrift shop 或 hospice shop，是一种公益性质的社会企业。有朋友说："若不自己经历，很难想象英国慈善店的精美。其传递的不仅是善心，还是一种生活方式和理念。"这个在亚洲相对陌生的概念，究竟如何运作，又是如何发展的呢？

照亮他人的心意：英国慈善店的历史源头

英国最早的慈善店出现于 19 世纪。1875 年，伍尔弗汉普顿郡的盲人基金会开始出售由盲人制作的物品，为基金会筹款。基金会后来改名为灯塔盲人基金会，取意心眼明亮、照亮他人，运行至今。

基金会最早通过浮雕打字机教盲人识字、阅读。后来找到一间工作坊，可以有空间让盲人编织篮子、坐垫、地毯，同时工作坊也附有零售店，这样他们可以销售自己的手工品。1960年代，基金会从杜德利伯爵（Duke of Dudley）处购得一块地，将那里发展成新的盲人慈善中心，包括音乐厅、餐厅、手作坊、图书馆、办公室和一整层楼的工作室。1960年代末期，这些工作坊为盲人提供当时最先进的工程类职业训练，并在1965年创立了盲人及残障工业。几经沿革，到1990年代，机构的名字正式改为灯塔盲人中心。

在"一战"的时候，伦敦出现了一种特殊的筹款方式：由商店便宜售卖市民捐出的物资。由此，这些小商店给红十字会募集了高达五万英镑的善款。"二战"时慈善店变得更为普及。1937年，爱丁堡大学福群会在尼克森街开设"面向所有人的慈善店"（Thrift Shop for Everyone），红十字会也于1941年在伦敦商业中心的庞德街开设慈善店。在整个"二战"期间，红十字会共开设了两百多家永久性的慈善店和一百五十多家临时慈善店。

英国慈善店里最著名的应该是乐施会（Oxfam）。第一家乐施会由西奥多·米尔福德（Theodore Richard Milford）法政牧师[1]（1896—1987）于1947年12月创立于牛津宽街，其零售店则在次年2月开业。乐施会原名英国牛津饥荒救治委员会

---

[1] 法政牧师为基督教圣公宗与天主教都有的教会神职荣衔，在罗马天主教被译作咏祷司铎团。主教可依教会传统任命，职责无清楚界定，有解释教会神学法规，并保卫教会教义的权威。

（Oxford Committee for Famine Relief），诞生于"二战"的特殊环境中，旨在运输粮食给被纳粹德国占领的希腊，电报代码是"OXFAM"，这个代码后来便成为它的正式名称。

1963年，乐施会在加拿大成立了第一家海外分会。如今，乐施会已经成为跨国联合会，由二十一个不同机构组成，在全球二十四个国家和地区运行，总部设在肯尼亚的内罗比，在英国本土则有超过七百家分店。

一间位于英国赛伦塞斯特的乐施会慈善商店

此设备用于收集完好及干净衣物及鞋履，在慈善商店贩售。收益用作乐施会全球的救援计划

慈善店如何运作

英国的慈善店经贸易局授权，由英国贸易投资总署颁发经营许可，所有商品必须来自市民捐赠，所有销售必须向格洛斯特公爵（Duke of Gloucester）的红十字会或圣约翰基金会上报。大部分慈善店的租金都可以减免，部分慈善店的取暖费和电费也都有优惠。

有些慈善店附属于慈善机构，有些则是专门的商店。所售物品大多由市民捐赠（搬家带不走的物品、家里老人去世后的遗物、换季时发现的多余衣物等），工作人员大多为志愿者，因此运行成本低廉，也就能够以较低的价格出售物品。销售所得除了经营成本如租金和水电，也大多交给所属慈善机构。另外，一些慈善店（比如乐施会）也是公平贸易运动的一员，在店内销售发展中国家的手工产品，并将收入投回该地。

英国较为常见的慈善店有：英国心脏基金会（British Heart Foundation）、巴纳多基金会（Barnardo's，英国最大儿童慈善机构）、帝国癌症研究基金会（Cancer Research UK）、流浪者之家（Shelter，英国社会救助服务组织）、玛丽·居里癌症护理中心（Marie Curie Cancer Care）、儿童救助会（Save the Children）、残疾人慈善组织（Scope）、兽医慈善机构（PDSA）、动物蓝十字会（Blue Cross）等。慈善零售业协会（Charity Retail Association）是英国慈善店的加盟机构。在他们的官方网站上可以找到加盟商店的信息。

上图：19 世纪初的英国贸易局，出自
图书《伦敦缩影》（*Microcosm of
London*）

下图：英国心脏基金会的广告海报

去慈善店买什么？

有朋友说过："单间服装店总觉得款式相近，多走几间又累，而去慈善店总有惊喜的发现，有想象的空间，书籍和音乐尤甚。"这也是我的感受：每家慈善店通常都有几个不同的购物区域，覆盖服饰、书籍、家用物品等，几乎每一家都琳琅满目，可以让人沉浸其中。

精致古老的瓷器，二手的更迷人

起初吸引我的，是慈善店的瓷器。英国人好古，社会又相对安定，因此有大量保存完好的古董，精美而脆弱的瓷器是其中之一。许多古董瓷器独一无二，如 Royal Albert（皇家阿尔伯特）已于 1971 年被另一家瓷器公司 Royal Doulton（皇家道尔顿）收购，并于 2005 年成为沃特福德威治伍德集团的一部分——Royal Doulton 还于 1968 年率先吞并了另一古老瓷器品牌 Minton（明顿）。沃特福德威治伍德集团现包括 Waterford Crystal（沃特福德水晶），Wedgwood（玮致活）、Minton、Royal Albert、Johnson Brothers（约翰逊兄弟）等著名瓷器品牌。传统的运作方式已与帝国一起成为昨日星辰，这也是为什么在收集 Royal Albert，或任何英国名家骨瓷的时候，二手古董更值得选购：它们将永远是独一无二的绝唱。

中上品质的品牌衣物

慈善店也和时装店一样会换季更新，而且在招聘时会挑选有时尚嗅觉的人（本人也应聘过，可惜没被选上，遗憾终生），橱窗的布置也各有特色。正值初秋，不少慈善店就已经换上了大衣，面料有传统灰褐呢子、古董毛皮、彩色呢子和苏格兰花呢等，琳琅满目。

逛得久了，便了解哪些街区的慈善店自己喜欢的品牌（取决于周围居民的喜好）多一些，就会经常去看看。在牛津时住在中产阶级聚集的萨默敦，经常见到的有 Laura Ashley（洛拉）、Marks & Spencer（马莎）、Burberry（博柏利）等中上品牌甚至设计师手笔。其中又格外中意 Laura Ashley 这样的英国老牌设计，因为它们的服装看似款式简单但剪裁中暗藏乾坤；碎花的处理不像新近流行品牌 Cath Kidson（凯思·金德斯顿）那么工业化，反而多了些怀旧浪漫风情。它也是戴安娜王妃生前最喜欢的品牌，戴安娜在 1980 年代的不少裙装都来自 Laura Ashley，有夸张的公主袖、剪裁纤细的腰部、宽阔的裙摆和纯粹而艳丽的色彩。这些充满 1980 年代风格的裙装经常可以在慈善店找到，因为很多慈善店服饰都是英国家庭所捐赠的 20 世纪七八十年代的精品，保养得也极好，让人有种不负先人重望，要妥善对待的真诚。

慈善店橱窗衣物展示

慈善店的连衣裙（上半部）

二手格纹大衣

书籍种类超乎想象地齐全

　　一般慈善店都有书籍区，譬如乐施会还有乐施会书店，专卖古董书和二手书。如果在大学区，书店更是分类细致，内容丰富：历史、宗教、哲学、社会学、人类学、艺术等方面的书籍新旧俱全。许多慈善店书籍的种类之全，分类之清晰，说让人流连忘返也不为过。哪怕是要找菜谱，也都有很多选择。而且价格宜人，一般价格不超过十英镑，普通小说则在两英镑以内。

　　慈善店的书籍区一般都设有座位。遇到周末，便可在那里安静地阅读一下午。

牛津的乐施会书店　　　　　　　　　　特吕弗的书

英伦小镇必备的黑胶唱片

对，黑胶唱片。在英伦小镇生活，黑胶唱片和茶杯一样稀松平常，如果在慈善店选购，价格一般都不超过一英镑。在爱丁堡的时候有一位音乐系的朋友是唱片专家，大家经常去他家听音乐，他也是附近慈善店音乐区的常客。

曾在爱丁堡的 Anteaques 茶室购入一台手摇唱片机，因年久失修不能使用，不过拿来做柜子也非常有范儿。

二手黑胶唱片

保暖防雨又雅致的古董帽子

　　作为帽子控，我在慈善店找到过不少古董帽子，比如网纱头饰、绸带遮阳帽、宽边呢帽、男士礼帽等。英国天气偏冷，除了装饰，帽子更有保暖防雨的作用。

西雅图的古董帽子店

蓝色大衣搭配古董帽子

二手家具

许多人都会把不必要或带不走的家具捐给慈善店，因此可以在那里淘到非常精美的二手家具。

其实最喜欢的，还是在慈善店流连的轻松和自在。因为不以营利为唯一目的，所以没有人兜售，氛围悠然；会在那里工作的志愿者都有宽大的胸怀和较为充裕的时间，乐得和你聊天，让人感到温馨。就是这样一家家小店，每年贡献平均两亿九千万英镑的慈善基金。我们不但省了钱，还可能为一只流浪动物、一项科学研究或一名孤儿间接提供哪怕只有一点点的帮助。

古朴厚实的二手椅

何谓古着：
Antiques, Vintage and Retro

上篇文章分析了英国慈善店的历史、运营方式和特色；慈善店除了在风格上较为特别之外，更有其社会公益价值。那么另外一个问题是，慈善店的货品本身有什么特别？经常听说的"复古风""vintage"，还有古董，这些概念之间的区别是什么？

古董（antique）指有一百年以上历史的物品。在英国，说起古董店（Antique Shop），人们很容易想到查尔斯·狄更斯笔下的意象：礼帽、怀表、新古典主义风格的家具和青花瓷器。

旧物（vintage）则没有那么古，只要是有二十年以上的历史都可称为 vintage（因此会听到 1980 年代 vintage 的说法）。

Vintage 一词来源于法语 vendage，意为"在某个季节摘下的葡萄"，这也表明 vintage 物品的另一个特点：鲜明的时代标志。比如 1920 年代的艺术装饰风格（art deco；2012 年热播的澳大利亚电视剧《费雪小姐探案集》就是很好的 1920 年代着装典范），1950 年代迪奥推出的新风貌（New Look by Dior），1960 年代的短发和迷你裙（one piece）和波普艺术（pop art），等等。英剧《唐顿庄园》风靡全球，其中爱德华时代（Edwardian era，1901—1910）的审美风格也重回时尚，比如男士西服风格的外套、帽子、改良式胸衣、流顺简洁但不失婀娜的礼服等。不少新娘都放弃了蓬蓬裙，转而选择丝质长裙。

复古（retro）则通指非当季的风格，有时指代"二战"以后到 1970 年代。"retro"一词来源于拉丁文 prefix retro，意思是回溯的、逝去的。在法国，rétro 也特指戴高乐时代及纳粹占领时期的风潮。

以上概念也经常混用，比如许多旧物市集，就包括古董和新近的旧物。为什么许多人，包括我自己在内，都喜欢 vintage？之后的篇章中将会与大家继续探讨。

当然，以上所说的都是基于欧洲文化与历史的概念，在亚洲，"古着"除了受到文化影响，其实也有自己的风格。比如和服、韩服、长衫、改良旗袍、中山装、中国 1950—1970 年代的去性别化军装和毛主席像章等，各具时代特征，是几代人对历史变革的见证。期待亚洲的时尚杂志讨论"vintage 复古风"的时候，能看到基于本土文化语境的回顾。

延伸阅读

- *Manners and Rules of Good Society* (1913) by A Member of the Aristocracy.
- *Manners and Social Usages* (1897) by Mrs. John Sherwood.
- *Everyday Etiquette* (1905) by Marion Harland and Virginia Van de Water.

岁月赋予的生命厚度

独自生活在外，每当情绪低落时总会想起母亲的衣橱。母亲是色彩和规整的大师，家居布置按季节变化而更换：夏有深浅不一清凉的绿，冬有厚实温暖的驼色配铁锈红。尤其是卧室，古董樟木箱上放水玉长圆花瓶，几枝粉色玫瑰；衣柜中的所有衣物都按色彩和质地整齐排列，床边矮柜里的丝巾好似一支队伍。只要走进那个房间，深吸几口似有若无的馨香，就能平复心境，重拾信心。

母亲那一代因为成长时期的大环境，追求风格是非常个人化的事，这是在疯狂时代中保持一个清静小世界的方式。她并没有在打折季血拼的习惯，但每次出门都让人眼前一亮，多亏良好的品味和那些久经岁月依然保养得当的衣物。而对我们这一代而言，风格意味着无止境的消费。这个观点，从我发现了英国慈善店、古董店和旧物市集之后开始动摇和改变，我也逐渐更理解母亲的心境和价值观，更喜爱那些被一代代拥有者珍惜流传的精品。

令人惊艳的英国慈善店

在英国刚接触到慈善店时，惊叹于它们的格调和管理：大部分慈善店都像设计精品店（boutique），布置得雅洁、有趣又有心。无论是全国联网的连锁店还是私人经营的小店，都有以下分类：女式裙装、晚宴装、毛衣、帽子、饰品，男士衬衣、西装、大衣、配饰，家具和瓷器，而且几乎每家店都有大量书籍和唱片，店内也悠悠地播着披头士（The Beatles）的复古摇滚、查特·贝克（Chet Baker）的爵士乐或BBC古典乐电台。许多慈善店的工作人员本身就擅长复古打扮，每次都好像是去参加设计师发布会。到慈善店流连，比逛普通商店更多一份趣味和享受。

另外更重要的是，如果是在较为高档的区域，那里的慈善店都不乏古董佳品，其中不少价值连城，但以相对低廉的价格出售，收入大部分都捐给相应的慈善机构，如前面提到的乐施会、流浪者之家、帝国癌症研究基金会、动物蓝十字会、英国心脏基金会等。曾经在爱丁堡莫宁赛德区的流浪者之家见到造于20世纪初的劳力士男表，售价不过两千镑。我自己则在爱丁堡的另一家流浪者之家买到过1980年代的Salvatore Ferragamo

（菲拉格慕）平底鞋，在牛津本地的心理健康机构慈善店（Oxfordshire Mind）买到 1970 年代 Laura Ashley 的灯芯绒长裙，还有凯特王妃最爱品牌 Reiss（蕊丝）和 Jaeger（耶格）的花裙，出席晚宴可用的黑丝绒外套、红色丝手套、古董手袋。

古董蓝色风衣。购于爱丁堡托尔克罗斯区的慈善店"救世军"（salvation army）　来自美国慈善店的古董旗袍

来自英国慈善店的晚礼服和手袋

黄色托特包及白色短袖毛衣购自爱丁堡大学区慈善店，几何图案长裙为家传古着

古着的优雅与平顺

习惯古着后，会对全新衣物特别敏感，无论是化纤气味还是其他衣料中的化学成分。古着则大多被岁月安抚得平顺，20世纪初、中生产的衣物也相对少有化学品成分，质地更自然。另外由于英人好古的风气，每家二手店都会对衣物进行仔细消毒，其中物品也都被长期精心保养；因此除去对环保和皮肤敏感的考虑，这些年逛二手店、承蒙不相识的人对旧货的保有和出让，也更加斟酌衣物数量与质地的关系。

快消产业竭泽而渔，淘旧货可能是倒退着节奏来感受前人设计的用心，珍惜"物"之"美"。

过去我经常说的一句鼓励永续时尚的口头禅是：Be Stylish, be Green——要美得有风格，也要绿色。

美国大萧条时期的心灵捕手：波士顿的慈善店

还记得自己从英国搬到美国的那天：虽然是夏天，但英国依然偏凉。我穿着雨靴、古董 Burberry 风衣，戴着黑呢短檐绅士帽——全部购自慈善店，却发现波士顿俨然盛夏。潮湿、闷热、阳光旖旎。

波士顿当地的住宅多是木结构，和以石灰岩建筑著名的牛津全然不同。中产社区里，每家每户都把门廊装点得鲜花盛开。而相对底层的社区，房屋则外墙腐烂、年久失修，整个街区都显得破落。换言之，社区环境很大程度仰赖于每户家庭的勤恳粉刷，而且社区自我选择程度极高。就这样沿街闲逛，便看到了慈善店。

习惯了流连英国的慈善店，刚要去美国时有些担心，毕竟在印象中，美国是以汽车工业、大型工程流水线生产、快消生活方式著名的。但在波士顿剑桥市的慈善店 Goodwill（好意）

不但发现不少宝贝，也逐渐发现了各种古董集市，而且了解到Goodwill作为一家社会企业的故事：它同样历史悠久，和英国最古老的慈善店乐施会不相上下，另有一段19世纪末的美国梦。

从艾奥瓦到波士顿：熔炉和大萧条时期的美国梦

美国的社会企业和慈善店已经有一百多年的历史。

一个多世纪前，有一位名叫埃德加·赫姆斯（Edgar J. Helms，1863—1946）的卫理公会牧师在教牧工作里加上了社区服务和职业训练的内容：他和教区成员在波士顿富人区收集废弃的衣物，再训练无业人士，让他们来修补那些旧衣物和家具，然后把这些修补后的二手物品分发给所需之人。这既满足了大家的物质需求，又让大家得到了技术训练，为未来找工作打下一定基础。而且，经过这些训练和团契的人，也都在此过程中被认可和包容，有了归属感，也有了社会责任心。

赫姆斯出身卑微。他的父母都是艾奥瓦的农民，他是家里第一个上大学的孩子，而且念的还是哲学。从康奈尔大学毕业后，他又在波士顿大学读了神学，继而获得奖学金去英格兰进修。19世纪末的英格兰贫富差别巨大——毕竟是激发马克思和恩格斯写就《共产党宣言》的地方，进一步巩固了赫姆斯投身于社会服务的热情，也让他学到不少解决社会问题的方法。赫姆斯原本想去印度贫苦地区宣教，但被分配到了波士顿，本来还有点失望，但事实证明，他在波士顿做出了有历史意义的贡献。

赫姆斯被分配到的是社会问题非常严重的一个社区，包括失业、贫困、移民无法融入社会等情况。许多问题也许在今天依然持续着，但当时美国还处于国家形成时期，美国公民刚刚来到这片土地，经历着许多今天背井离乡的人所经历的困难，包括语言。

赫姆斯的解决方法不仅是授人以鱼，更具有前瞻性地发起了一个可持续的运作体系：他在教区内提供语言训练、职业介绍和青年活动。这也是今天社会企业（social enterprise）的雏形。用赫姆斯的话说，他想给予人们机会，而非慈善（"Not charity, but a chance"）；或者说伸出援手，而不是递给他们嗟来之食（"a hand up, not a hand out"）。

这个社区运作走上轨道之后，赫姆斯又被分配到波士顿的另一个底层教区——摩根山教堂。这个教堂位于波士顿红灯区，社会问题更加严重，嫖娼、酗酒、毒品、抢劫，连食物、衣物和日常用品都成问题，被认为是美国当时最大的贫民窟。赫姆斯的办法是打开教堂大门，邀请大家来领取食物、稍作休息，然后开始教牧工作，希望在传播基督教福音的同时帮助大家改变生活状态。为了解决温饱问题，他带领社区成员去富人区收集多余的食物和二手衣物用品，然后分配给大家一些修补任务，让那些旧物焕然一新，再将这些衣物用品按需送给社区内的人。

这就是今天社会企业的原型。

赫姆斯致力于解决的，除了温饱问题，还有移民、边缘人士如何融入社会的问题。这是"给人以机会，而非慈善"的意义之一。

他们的工作得到了许多居民的响应，给了人们生活的动力。在20世纪初的大萧条时期，Goodwill的运作甚至引起了罗斯福顾问的关注。作为当时还在初创时期的小企业，这已经说明Goodwill的影响力。

大萧条末期，许多失业人员已经在Goodwill那里得到训练，成为有工作技能的劳动者，Goodwill的范围也逐渐扩大，开始为残障人士提供相应的复健培训。赫姆斯后来形容他的机构为产业计划，连同社会服务，为就业能力有限的人提供就业培训，为有身体疾病的人提供康复服务，并为资源枯竭的人提供临时援助。

上图：波士顿的 Goodwill
慈善店

下图：波士顿古董市集

新教慈善的资本伦理

最重要的是，Goodwill 的培训让原本处在社会边缘的人看到了希望，能拥有平等机会的希望、能融入社会的希望。当时的牧师兼具社区负责人的责任，"goodwill"也蕴含上帝旨意和向善意志的意思。

赫姆斯在 1942 年去世。但他留下的运作模式持续发展壮大，今天 Goodwill 已经成为国际性社会企业，旗下有两百多个机构同时运作。2003 年，他们的目标依然是通过工作的力量，为全世界所有需要的个人、家庭、社区带来尊严。

他们的理念很显然受到新教伦理的影响。在德国社会学家马克斯·韦伯（Max Weber）那里，16 世纪的宗教改革运动与资本主义的兴起有直接联系：

> 在任何一个有各种宗教并存的国家，只要一看那里的职业统计，就可以频频发现一种曾经几度在天主教出版物和文献中，以及在德国天主教大会上引起争论的局面：在工商界领袖、资本所有者、现代企业中的高级熟练工人，乃至更多受过高等技术培训和商业培训的职员中，都是新教徒占据了优势。
>
> ——《新教伦理与资本主义精神》
> （阎克文，世纪文景，2018）

新教教徒没有了中间人的庇护，必须带着不知是否能被救赎的不安努力工作、服务社群。这也与美国的资本积累有关，而美国国父本杰明·富兰克林（Benjamin Franklin）就被韦伯认为是新教资本主义伦理的代表人物。韦伯曾引述富兰克林的一段话："请记住，时间就是金钱。假如一个人每天能靠自己的劳动赚十先令，而他出门半天或什么也不做，即使他为了享受这份悠闲或怠惰只花了六便士，也不能认为这就是他全部的花费。事实上，他花掉了，或者应该说是扔掉了另外五先令。"这就是韦伯所说的资本主义伦理，努力劳作与积累财富的道德。这种伦理关乎道德自律性，但这种道德自律性必须由劳动和工作体现，并最终体现在资本运作中。用韦伯的话来说，就是"有组织性且合理地赚取正当利润，将其视为职业且终生追求的观念"。

美国社区环境的建设落到社区中的每一位住户头上，而不是政府统一规划。在赫姆斯的时代，教区教牧承担了一部分政府基建工作，个人也必须通过工作创造价值，获得尊严和生活意义。

社会企业的初心：授人以鱼，不如授人以渔

"给人以机会，而非慈善"，也是今天社会企业的宗旨。

在英国的时候，经常在街头看到流浪汉穿着写有"Big Issue"字样的大红色背心，拿着一沓花花杂志叫卖。路人一般

没什么反应，有些叫卖者也懒得主动兜售，有时就沿街坐着。也会有人过去攀谈，买几份杂志。有一次，一位认识的老先生停车买了几份，略带无奈地说自己并不会去看这份杂志，因为内容不合意。但，这是一件大事（"This is the big issue"）。

《大志》（*The Big Issue*）杂志发行于1991年，也运用社会企业的概念：以企业运作的方式经营，但创业的目的是社会，而非营利；或者说，营利的目的在于资助某一特别边缘化的群体。

《大志》官方网站上的标语是"They are working, not begging"——这些贩售者是在工作，而非乞讨。另一句口号是，"a hand up and not a hand out"——和善心社企的口号相同，可能就是中文里"授人以渔而非授人以鱼"的意思。

加入的方法非常简单：到所在地的《大志》办公室登记，办公室会对应征者进行短期培训。合格后可以成为街头贩售者，以每份杂志1.25英镑的价格买进，2.25英镑的价格卖出。1995年，《大志》创始人又成立了同名基金会。基金会的运作全部仰赖各方捐款，用以资助因为各种原因被社会边缘化的个人的工作需要和创业理想，也用于帮助他们解决在住房、交通、医疗和家庭等方面的问题。如今，这本杂志在英国已经有二十年的历史，深入人心且受到大家支持。来自苏格兰的著名独立乐队贝尔与塞巴斯蒂安乐团（Belle & Sebastian）也曾在大雪天的格拉斯哥街头，穿着红色的背心和流浪汉一起叫卖。

《大志》的理念是，希望贩售者能被购买者看作是与他们平等且自食其力的人。但根据一份2002年的调查发现，15%的人表示在购买时总是多给一些，43%的人表示他们有时会多给。也有很多受访者表示他们觉得《大志》就是直接施舍的替代品，只是让施舍变得更有意义罢了。不过也有受访者表示他们认为该杂志内容也不错，他们购买时只把它作为普通的读物，而并非出于对贩售者的同情。

就我自己的经历而言，贩售者格外与众不同的装扮特别引人注目，很难完全忘记或忽略资助他们的机构和这份杂志背后的故事。另外，英国的《大志》在内容上走的是小报（tabloid）的路子，类似《太阳报》（*The Sun*）、《每日镜报》（*The Daily Mirror*），并不能在时事、经济和文化分析等严肃内容上与大报（broadsheet），诸如《卫报》（*The Guardian*）或《独立报》（*The Independent*）相比。相反地，台湾版《大志》的内容则显得更有趣而且编辑用心，是一本丰富的文化刊物，也在一定程度上摆脱了杂志背后机构的慈善助贫的意味。

但《大志》也存在诸多问题。它并没有教给流浪汉或无业人员任何实际技能，仅仅是贩卖而已。整本杂志的编辑、撰写和实际运营都由其他专业人士进行。这一点让人想到另外一个社会运动：公平贸易。在英国，很多咖啡和巧克力都贴有公平贸易的标签，这是一个倡导用新的贸易标准关怀全球劳工、环保及社会政策的运动，特别关注那些自发展中国家销售到发达国家的外销品，用较高的价格向第三世界的生产者购买农产品或手工制品，透过与被边缘化的生产者及劳工的紧密合作，试图将他们从脆弱的角色，转化成为经济上的自给自足与安全者，以促进国际贸易的公平。但目前而言，该国际组织的高层决策和运营依然都是在欧美地区，原产地的农民尽管可以参与其中，获得帮助和更公平的赢利，但他们依然在"被帮助"的那一端。公平贸易希望达到的赋权，还有很长一段路需要走。目前来看，它和《大志》的问题都在于，并没有在结构上带来根本性的改变，而是巩固了结构性不公正本身的问题——边缘人依然在做劳工性质的工作，受过教育的、有一定特权的群体依然是决策层。不过已经有研究表示，公平贸易能在"短时间内改善小规模咖啡生产者及其家庭的生活"。这些研究发现，在公平贸易下的生产者，更容易得到信贷及外来的发展资助。同时，这些研究也指出，比起传统的咖啡生产者，公平贸易生产者更容易得到训练机会并能改善其咖啡的品质；而那些公平贸易生产者的家庭也更稳定——比起传统咖啡生产家庭，小孩能得到更好的教育机会。

相同的效果也反映在《大志》，对解决无家可归者和其他边缘人的生活问题，其所能提供的协助毋庸置疑。解决贫困是全世界都需要面对的问题，尤其在国际政治舞台和普通人的生活都已对新自由主义所带来的资源失衡感到焦虑时。《大志》作为在 1990 年代就已先行的理念模式，尽管并不完美，也为解决方法带来了诸多反思和可能性。

善意与新生的希望

美国有着和英国不尽相同的历史和社会机制。整体性的社会福利更少，譬如全民医保和公营房屋（council house），也更仰赖于 Goodwill 这样的社会企业或私人慈善。换言之，更体现韦伯所说的资本主义伦理。

无论如何，这样授人以鱼的慈善依然意义非凡。

Goodwill 慈善店从卫理公会教牧开始，带着强烈的宗教精神，也回应了美国资本主义的发展和结合宗教资本的伦理。今天，Goodwill 已经成为国际性非营利机构，每年收入超过四亿美元，给超过三十万人提供职业和社区服务训练，完全体现赫姆斯对 Goodwill 的愿景："既是产业项目又是社会服务企业。"

在美国生活的那两年，承蒙朋友们的善意，带我逛了不少包括 Goodwill 在内的美国本土慈善店，收获许多对美国社会的认知和稀奇美物。而当时从英国带去的不少衣物，后来再次搬家时无法带在身边，也就捐给了慈善店。希望给过那么多人新生希望的慈善店，能让它们在大洋彼岸继续获得新生。

香港第一家绿色社企：Green Ladies

香港一直被认为是现代快速消费社会的代表。根据绿色和平组织在 2018 年发布的《消费习惯与心理调查》报告，香港人一年花费两百五十亿港元购买衣服，香港女性平均拥有一百零九件衣服，逾五成受访者拥有尚未剪价钱牌的服装。

但谁会想到香港也有一家经营有道的二手衣物慈善店？创立于 2008 年的 Green Ladies 是香港第一家以寄卖模式营运的环保社会企业，除了倡导环保，还推动中年妇女就业。该店铺大多收集优质女士时装，并以寄卖的方式运营，让捐赠二手服装的市民也能赚取一定酬劳。无论是经营方式，还是创业理念，都有作为商业社会的香港特色。

来自圣公会悠久的慈善经验

香港其实有非常悠久和坚实的社会慈善和社会服务经验。

香港历史学家冼玉仪曾在其成名作《权力与慈善：殖民时代的香港商业精英》（*Power and Charity: A Chinese Merchant Elite in Colonial Hong Kong*）中从当地社会机构，而不是官方治理的角度来看殖民史，可以看出更多民间成长的轨迹。书中所展现的东华三院，是香港第一所由华人创立的慈善和医疗机构，也是殖民时期两个国家之间的中介。

香港的不少慈善店都有宗教背景，包括天主教的明爱，道教黄大仙的啬色园、东华三院，佛教的志莲净苑等。

Green Ladies 所属的慈善机构圣雅各福群会（St. James' Settlement）也有圣公会背景。圣雅各福群会由圣公会的会督何明华和热心市民在 1949 年创办，最初名为"圣雅各儿童会"，在湾仔石水渠街北帝庙的一个偏厅推行儿童工作。1963 年在湾仔坚尼地道建成六层高的大楼，服务渐趋向多元化，从儿童和青少年服务拓展至长者及复康服务。1987 年，在最初开始的石水渠街建立总会。1990 年开办"中西区长者地区中心"，是湾仔以外的第一个外区服务单位，后来陆续发展了遍布港岛的二十多个服务单位，为不同地区的人士提供服务。圣雅各福群会也是香港公益金受惠的成员之一，有接近三成经费来自社会福利署。

因为住在湾仔，总是经过圣雅各福群会的大楼和圣雅各小学，没想到他们是我后来很喜欢的慈善店 Green Ladies 的所属机构。最早去的是 Green Ladies 在工业活化区"南丰纱厂"的总店，被店铺的井井有条和琳琅满目的商品震撼，非常惊喜地发现原来香港也有这样的二手店。后来才去了他们位于湾仔的分店，也一样让人流连忘返。

Green Ladies 南丰纱厂店的海报

Green Ladies 南丰纱厂店内景

由二手衣物反思时尚产业

时尚产业对环境造成极大的污染，Green Ladies 在每件衣服的标签上都标有警告："全球纺织品制作过程涉及将近八千种合成化学物""时装纺织界每年生产的化学物，占全球每年产量的25%""生产一件 T 恤所用到的棉花量，要耗约两千七百升淡水来种植"。让人在挑选的同时意识到自己在做出一个有利于环境的选择。

除了原料和过剩生产造成的污染，还有人工剥削的问题。设计师王大仁（Alexander Wang）的品牌就曾传出是"血汗工厂"的丑闻，被前任员工以四百五十万美元的金额控告违反劳工法，压榨员工超时工作并且迟发薪资。尽管最后此名员工在未公开和解条约的情况下撤销起诉，这件事依然让人对时装产业心生警惕。

Green Ladies 的经营模式在二手店中也属于比较特别的。他们曾以电话访问公众对二手衣服的看法，85% 的受访者表明自己不会购买二手衣服，其中 65% 的理由是害怕衣服发黄、破损。Green Ladies 显然很了解当地人的购物心理，在收购上花了心思，让人比较难意识到衣物的二手感。在 Green Ladies 买到过合意的衣服，也捐赠过自己的二手衣物。他们对二手衣物的要求较高，稍有破损都会拒收。另外，他们按季度寄卖，不收上一季的衣物，以保证店内衣物的更新和应季。如果所捐赠的衣物卖出，捐赠者可以选择收取回扣的额度——当然，也可以选择不收任何回扣。第一次出于好奇，我选了最低额度的回扣，几周后收到店家提醒，果然有人购买了我当时捐赠的衣物，相应的回扣也已经转账给我。在交易之外，也让人感到一些富有细腻心思的联系。

根据香港市民的习惯，Green Ladies 还增设手机上的"环保寄卖易"Whatsapp 服务，让寄卖者以 Whatsapp 查询手上衣服是否符合寄卖要求。

寄卖说明

除了女士服饰，Green Ladies 也在 2016 年 4 月开设 Green Little，把二手时装开拓至童装市场。对于本来穿着周期就短的童装来说，Green Little 确实提供了一个有效的平台来让家长到店内为小朋友添置或是寄卖衣服。在店内寄卖超过两个月仍未卖出的衣物，则会转至深水埗的奥特莱斯店或在地区慈善义卖中以更优惠的价钱出售；又或与设计师合作，把特定衣料留给他们做创作之用，务求完全利用手上资源，让衣物发挥二次作用。

鼓励妇女二度就业

除了环保之外，Green Ladies 还是一家社会企业，致力于帮助女性就业。它不仅提供就业机会，而且提供专业训练。

Green Ladies 诞生在 2008 年，正值全球金融危机。圣雅各福群会看到当时中年妇女的失业问题，同时希望扭转香港社会对二手衣物的偏见，于是成立 Green Ladies，在向妇女提供就业机会的同时，也推广二手重用文化。这也是另一种"可持续性"，不仅是时装产业的可持续性，也是就业机会的可持续性。

目前 Green Ladies 的店长、店员或文员主要是中年女性。当地媒体"香港 01"曾经采访并记录下这样的一段故事：一名曾是售货员的中年女性在被辞退后很难找到新工作，她本想考取证照当保安，但后来加入了 Green Ladies，并接受定期培训，最终当上店长，得以发挥自己所长。

Green Ladies 也在不断调整经营的策略和方向。刚开始，他们来者不拒地向公众收集衣物，结果收集了许多过时又不适合日常穿着的衣服，再利用率只有 25%。2011 年，他们重整经营策略，把收集旧衣物转为寄卖模式，衣物一经售出，寄卖者不但可获得最高三成的回馈，每月还会收到销售报告，首先增加了寄卖者的信心。此外，店员也会只筛选合适的当季衣服来寄卖，以确保店内衣物有效流转，而非积聚货存。目前他们共有八千名寄卖者，每年收到寄卖的衣物约为十四万件，衣物再利用率达七成。

Green Ladies 从 2008 年的一家店铺发展到目前的四家分店，而且收支平衡。在接收寄卖衣物时，工作人员一定会检查清楚，确保衣服质量。收集来的衣服也会用高温蒸汽蒸熨两次才放在店内出售。

为所有人平等存在的美

发现香港有 Green Ladies 这样的慈善店之后，我非常惊喜。

二手慈善店教给我们的重要一课：品味本天成，无关收入或阶层，而是需要环境的关照。慈善店也可以有尊严，有美。这也是英国艺术家威廉·莫里斯（William Morris）的主张。他在 1870 年代的系列演讲《艺术的恐惧和希望》（*Hopes and*

Fears for Art）中曾说过："艺术是人类劳作的表达。"换言之，艺术与审美不问出身，是人类有平等机会进行创作的结晶。

他认为，我们今日在博物馆赞叹的美物，可能在古代只是日常生活中的用品。许多艺术品并不是名家设计，而是工匠所造，但它们的美仍为今人慨叹。审美、才华和技艺是不论出身的，工匠和普通人依然可以有理解和创造美的能力。由此，我们要让普通劳动和生活空间（建筑、道路等）都充满美感，让劳动和普通人的生活也为美而灵（把美还给大众）；此外，劳动职业也值得尊敬，日常劳作也要有美和尊严。

在 1892 年的《世界尽头的水井》（*The Well at the World's End*）里，莫里斯更直接地表达了美与人类平等的观点：

> 带着年轻的傲气，我决定一定要通过美来改变世界。如果我在任何微小的地方成功了，哪怕只是在世界的一个小小的角落，我也会认为自己是受眷顾的，然后继续努力。

而这一切，是他以审美为契机开始的革命。今天在伦敦东部，他的肖像被制成瓷砖贴在街边的建筑上，成为街头艺术的一部分；许多高街时装也在使用他的灵感，又从大众回到了大众。

但 Green Ladies 依然陷入一些刻板印象，它的名字和店内主打的女性服饰，依然引导着一个偏见，那就是时装消费者多为女性，把恋物、注重时尚和性别相连。为什么不能有面向男性的二手衣物店呢？

如果审美是平等的，那未来也应该有更丰富、更多元的绿色时尚。

香港二手古董店
私地图

湾仔圣雅各对街的无名小店

湾仔蓝屋内的无名小店

Vintage 1961

上环文咸西街 44-46 号 1201 室

优雅风格的古董店。

Artisan Café

中环云咸街 30-32 号云咸大厦地下 3 号铺

多唱片、古董 Fire King、古董嬉皮服饰。

小时光

中环九如坊安和里 6 号 1 楼

预约制，多古董饰品。

陆日小店

坪洲永兴街 27 号地下
位于香港坪洲岛，有社区关怀的生活旧货小店。

Little Dot Vintage Shop

尖沙咀加连威老道 47 号 1 楼
1950 年代至 1980 年代古董女装。

夕拾

土瓜湾九龙城道 90 号安乐工厂大厦 A 座 9 楼
名字取自"朝花夕拾"，多古董器物，颇具情怀。

搜时洋服

荔枝角道 88 号 4 楼
日本风格的酷酷古董衫。

第二章

永不褪色的梦

风格古着、饰件与布置

看了慈善店的历史，回顾了不同时代的古着风格，也聊了世界各地慈善店的运行模式和特色物品和在那些慈善店淘宝的心得。

　　下面和大家分享一下在慈善店和二手店能找到的具体衣衫，饰品以及品牌、物件，包括古董戒指的分类、戴安娜王妃生前最喜欢的英国本土品牌、走嬉皮朋克风的英国二手店。在写下这些文字的同时，我也得以回味过去那些年，在整个二十多岁异国求学漂泊他乡的过程中，给我带来幸福感的点滴风景和人与物。

藏在古董店戒指里的永恒

戒指这一特别的物品由来已久，在不同文明和传说中都被视作特别的标记，比如普罗米修斯因为偷火而受到惩罚后被迫戴上铁环戒指；在德国传说"美女与野兽"里，戒指是贝拉回到野兽身边的工具；荷兰汉学家高罗佩（Robert Hans van Gulik，1910—1967）的小说中也写到玉指环。

戒指在宗教中也有特别地位，如天主教祷告用的圣母玫瑰经指环（Rosary ring）；《圣经·旧约·创世记》中，约瑟在受官职仪的神圣性与合法性也通过戒指显示：

> 王从手指上摘下戒玺，戴在约瑟的手指上，又亲自给约瑟穿上精致的麻纱外袍，挂上金项练。
>
> ——《创世记 41:42-43》

镶嵌宝石的戒指相传始于古埃及，因为宝石代表太阳神拉（Ra）；古埃及人认为有一个看不见的大神在推动着光艳无比的太阳，每天辛辛苦苦地东升西落。他们从三角洲地带到处可见的屎壳郎得到启示，认为屎壳郎推着粪球的样子象征着推动日轮的太阳神，也代表着太阳像化肥一般带给世界力量；这位太阳神就像是一个巨大的屎壳郎，于是屎壳郎也被称为"圣甲虫"。为了祈求太阳神的保佑，他们习惯将一个象征着想象中的太阳神形象的椭圆形宝石戴在手指上。

"圣甲虫"屎壳郎

今天在左手无名指上戴结婚戒指的习俗，据说来源是古罗马传统认为左手无名指具有特别意义，连着一根通向心脏的静脉，即古罗马人所说的爱之静脉（vena amoris）。这个观念在17世纪时由英国著名律师亨利·斯温伯恩（Henry Swinburne）在其作品《论配偶或婚姻协议》（*A Treatise of Spousals, or Matrimonial Contracts*）中发扬光大，也加强了戒指的文化意义。

在早期基督教婚礼中，神父用戒指从食指、中指、无名指依次祝福，代表圣父、圣子、圣灵，最后戒指也落在无名指上。但不同宗教地区也有不同的传统，比如某些东正教及天主教甚至基督教新教地区，如保加利亚、奥地利、德国、挪威、丹麦等结婚戒指是戴在右手无名指的；但在其他国家，如爱尔兰、英国、美国、意大利、瑞典、新西兰、加拿大等，结婚戒指是戴在左手无名指。

牛津市中心的特尔街（Turl Street）上有一家Norah's Antiques（诺拉古董店），店面虽小，却享有几十年的好口碑。店主诺拉让人想起狄更斯笔下那些八面玲珑的人物：小业主、酒馆老板娘、律师、银行职员……他们通过能察言观色的机敏疏通社会关系，靠自己的勤奋和努力在社会中赢得生活保障，跻身城市中产阶级。

1970年代，她在温莎（Windsor）开设过一家古董银器店；她的女儿曾担任前任威尔士亲王的公关，更有各种渠道了解古董行情和市场。终于，机敏、玲珑、努力的诺拉，在寸土寸金的牛津城开设了这样一家古董店，一开就是三十多年。

因为人脉广、经验丰富，诺拉是各个拍卖会的常客，为店里进了许多难得的古董首饰。例如英国各大火车站和大小城镇高街必有的书报店 W. H. Smith 创办家族汉布尔顿（Hambleton）的某任子爵生前钓鱼时使用的银质三明治盒（其精巧迷你超出想象，真是食量非常秀气的子爵……），以及某任汉布尔顿太太的订婚结婚戒指，都是诺拉在汉布尔顿家族宅第拍卖会时拍下的宝贝。

古董戒指店的银器

上图：W. H. Smith 创办人汉布
　　　尔顿家族复刻版订婚戒指

下图：女性参政论者瓷像

近几年因为复古风潮的流行，更多年轻人也会来店里选择订婚戒指及结婚首饰；她紧跟形势，联系了银匠专门定制带古董样式的首饰。看到店内琳琅满目，我忍不住求教各种戒指的名目。

张扬的装饰戒指

工作人员道："现在年轻人爱戴大戒指，尤其是在订婚时；但其实这样有点怪，因为造型夸张的戒指不是订婚戒指，而是装饰戒指（dress ring），本来是在特殊场合装饰用，戴在右手无名指（dress finger）上。"

爱语戒

爱语戒（posy ring）也叫"宠爱之戒"（darling ring），顾名思义，是男士赠送给心上人的礼物，用戒指作为爱的见证。在15世纪至17世纪此戒大多质地为金，内环刻上一些表达心意的话。"posy"一词来自于法语"poésy"，指刻在戒指内圈的那些爱的诗句或格言。莎士比亚的《威尼斯商人》（*The Merchant of Venice*）中，葛莱西安诺抱怨女友尼莉莎道：

> 为了一个金圈圈儿，她给我的一个不值钱的指环，上面刻着的诗句，就跟那些刀匠们刻在刀子上的差不多，什

58

么"爱我毋相弃"。[1]

　　莎士比亚将在英法流行的爱语戒放至意大利，也表明其当时在情侣之间的流行程度。维多利亚时代（Victorian era, 1837—1901）的爱语戒开始镶有宝石，可能也是后来订婚戒指的原型。在牛津的阿什莫林博物馆（Ashmolean Museum）和伦敦的维多利亚与艾尔伯特博物馆（Victoria and Albert Museum），都有较为可观的爱语戒收藏。根据诺拉的说法，这种戒指是戴在左手的无名指上的。

乔治时代（Georgian era，1714—1837）的爱语戒

---

[1] 原文为：About a hoop of gold, a paltry ring, That she did give me, whose posy was For all the world like cutler's poetry. Upon a knife, "Love me and leave me not." 此处中文为朱生豪译本。

爱德华时代的爱语戒

精美的挚爱之戒

相较于宠爱之戒，挚爱之戒（dearest ring）则更进一步，由各色宝石按以下顺序组成：钻石（Diamond）、绿宝石（Emerald）、紫晶（Amethyst）、红宝石（Ruby）、绿宝石、蓝宝石（Sapphire）、黄玉（Topaz），以此次序排列，所有宝石的首字母集合为"Dearest"，至亲挚爱；也有按红宝石、绿宝石、石榴石（Garnet）、紫晶、钻石排列，意味"Regard"，尊重；或是紫晶、钻石、蛋白石（Opal）、红宝石、绿宝石，寓意"Adore"，倾慕，充满维多利亚时代的浪漫情怀。

代表纪念的悼念戒指

另一种镶有肖像的戒指，则被称为悼念戒指（mourning ring），是纪念死者用的。戒指上除了会镶嵌死者肖像外，也会使用死者的头发等私人化的物品。

维多利亚时代的挚爱之戒

19 世纪末的悼念戒指

庆祝永恒的戒指

永恒戒指（eternity ring）并不在结婚时佩戴，而是婚后十年、二十年之后，由丈夫送给太太，重申感情。通常由五颗或更多珠宝环绕一圈而成，毫无接缝始终之分，故名永恒。这样的戒指大多贵气逼人，也似乎隐喻多年婚姻的沉稳和珍贵。

工作人员感叹，现在不少珠宝商都将婚戒称作"eternity ring"，难道是因为今日的感情和承诺都很短暂，大部分人等不到几十年？因此见风使舵的珠宝商将重点导向婚戒，原本由不同戒指承载的不同涵义，便都落在一枚婚戒上。

而我们今天所熟悉的"钻戒"则是一个非常现代的概念，De Beers（戴比尔斯）公司的著名标语"钻石恒久远，一颗永流传"，是由钻石开采商制造出来的浪漫。在英国，订婚戒指依然以宝石为主，比如威廉王子向凯特求婚时所用的，就是戴安娜王妃生前拥有的蓝宝石戒指。另外，男士传统上并不佩戴戒指，甚至在婚礼上威廉也没有戒指。

消费时代的感情形式似乎都被大珠宝商的广告语所左右，比如求婚时必须有 Tiffany（蒂芙尼）的蓝色小盒子和钻石，失去了婚爱史上曾经多样多元的意涵。也正因为如此，寻找属于自己的感情表达方式，包括寄予情感和承诺的珠宝首饰，就更显得特别。在 Norah's Antiques 拍摄访问那天，刚好见到一对老夫妇一同来此店寻宝。此情此景，是对古董指环最好的诠释。

永恒戒指

店主演示订婚戒指、永恒戒指、结婚戒指的佩戴方式

延伸阅读

- *The Engraved Gems of Classical Times: With a Catalogue of the Gems in the Fitzwilliam Museum* (1891) by John Henry Middleton.
- *Finger-Ring Lore: Historical, Legendary, Anecdotal* (1877) by William Jones.

永不褪色的英伦旧梦：Laura Ashley

凯特王妃的时尚风格备受瞩目，她也有意识地展示一些英国本土设计师的作品甚至英国高街品牌，包括 Mulberry（玛百莉）、Alexander McQueen（亚历山大·麦昆）、Strathberry（苏蓓瑞）等，被称赞代表了一种新时代的英伦风情。

人们也经常拿她和另一位王室时尚偶像戴安娜做比较。两人身处不同的时代，凯特所在的这个时代，英国面对财政紧缩和政治变动，高街品牌或本土设计师显得更亲切，蕴含了王室希望更亲民的意思，至少是在外表上。而戴安娜生活的 1980 年代则是全球资本主义发展的全盛时期，经济和时代自信就像戴安娜最经典的蓬蓬袖裙装一样蓬勃。连她的婚纱都采取蓬蓬袖式样，这种蓬蓬袖连衣长裙被称作 Laura Ashley 风格。

维多利亚的乡村碎花风情

Laura Ashley 的公主袖长裙代表了 1980 年代的蓬勃，也成为 1980 年代时尚的代名词。后来所有碎花或颜色鲜艳、有夸张领口或袖口的连衣裙，都被称为 Laura Ashley 风格。

Laura Ashley 开创于 1950 年代。一对年轻人相遇在战时的英格兰，他姓艾胥黎（Ashley），是一位工程师；她叫萝拉（Laura），热爱设计，当时服务于皇家女子海军。

"二战"之后，两人在伦敦定居，萝拉开始为妇女联盟工作，需要做些拼布。她在著名的维多利亚与艾尔伯特美术馆看到维多利亚风格的花纹，受到了启发，设计了一批维多利亚风格的拼布和头巾，没想到非常受欢迎，甚至进入了高级连锁百货公司约翰·路易斯（John Lewis）销售。这批方巾的巅峰时刻，是在 1953 年的电影《罗马假日》中被奥黛丽·赫本所使用，那个穿着白衬衣、大摆裙，方巾轻松系在脖子上的俏皮样子成了永恒的经典。今天 Laura Ashley 官方网站的介绍中也说他们的故事开始于一条丝巾。

二手的 Laura Ashley 连衣裙

Laura Ashley 的品牌商标

凭借方巾成名后，萝拉继续开拓她的时尚创意，在1960年代设计了第一条维多利亚式蓬蓬袖的及踝花卉连衣裙，成了品牌最具代表性的服饰，也因此有了后来戴安娜王妃的婚纱。1970年代 Laura Ashley 在伦敦开了分店，一周内卖出四千条裙子，并在 20 世纪七八十年代达到全盛，成为英伦风尚的代表。后来的 Emma Bridgewater（艾玛·布里奇沃特）、Boden（博登）和 Cath Kidston 等主打碎花图案的英国乡村风格品牌都是它的追随者。萝拉对品牌的推广走在了时代前列，是今天高街品牌的先锋。如果没有 Laura Ashley，英国乡村风格的碎花衣裙就不会再次成为时尚焦点。

Laura Ashley 的风格改变

Laura Ashley 的风格也经历过不少改变，从这些变化中也可以看到时代的革新和印记。1970年代的 Laura Ashley 带着嬉皮风格，但到 1980 年代戴安娜穿起 Laura Ashley 时，品牌的设计有了明显的格调转向，变得更为"好女孩"和优雅。戴安娜对 Laura Ashley 的喜爱也让她成了非官方代言人，凡是她穿过的式样经常销售一空。

因为品牌开始于维多利亚纹样，他们的代表作便包括高领口的维多利亚式长裙。

Laura Ashley 也为流行权力套装（power suits）的 1980 年

代带来一股反潮流。当时流行女孩子也穿上有垫肩的西装来表现霸道总裁气概，以求在职场上和男性争夺资源和话语权，很有资本主义特色。而 Laura Ashley 的碎花长裙和这种大公司、都市风截然相反，有乡村旧梦的意味，同时也间接地在那个平权运动此起彼伏的年代影射了另一种被都市或公司文化忽视的劳动付出：乡村女性或全职妈妈的工作。

当然，这种乡村风格只是对田园的浪漫想象。真正在乡间劳作的人是不可能穿着这样的裙子的。抹去女性特质和将其突显，这两种倾向在今天都值得商榷。不过这种发展脉络，让我们看到今天更丰富的选择从何而来。

因为这种与资本发展背道而驰的特质，花卉风格也被认为不合时宜，因其过于明确地指代某些阶层，某一性别，某一种族。"Chintz"（花布）这个词甚至被用来蔑视花卉风格。1970年代末工党离开唐宁街时，保守派报纸说"唐宁街把花布党赶出来了"。

时代更迭中，时尚也被赋予了新的意义。女性设计师开始留意给衣服设计口袋，增加舒适度，通过服饰来解放穿衣人。在今天的"MeToo"运动中，也有让女性拥有着装权利的呼吁。所以，Laura Ashley 风格重新回到当下的流行文化中，设计师包括 Dolce & Gabbana（杜嘉班纳）都用花卉长裙向萝拉致敬。

英国乡村风格在工艺美术中的文化价值

从英国乡村和大自然中汲取灵感，在工艺美术中发掘文化价值，Laura Ashley 并不是第一个。几个世纪前工艺美术运动（The Arts & Crafts Movement）的灵魂人物威廉·莫里斯也是其中一位。

莫里斯与著名的英国复兴本土设计建筑师菲利普·韦伯（Philip Webb）是好友，都热爱英国乡村的淳朴自然，一起成立了古代建筑保护协会。莫里斯因为工作暂住伦敦时，工业时代伦敦的污染和嘈杂令他更倾心于拉斐尔前派理想中的田园牧歌式的生活，于是他搬到伦敦城外，充分动用自己的建筑技艺，与韦伯一起设计了"红屋"，混合中世纪和哥特复兴风格，同时力图呈现建材本身的质感之美。这栋建筑后来成为莫里斯发起的英国工艺美术运动的代表作。

莫里斯有感于 1851 年英国万国工业博览会展出之工业品过于粗糙，因而与艺术评论家约翰·罗斯金（John Ruskin，1819—1900）、哥特建筑风格倡导者、英国议会大厦内饰设计师奥古斯都·普金（Augustus Pugin，1812—1852）等人发起了工艺美术运动，大力提倡恢复手工艺和小作坊，以此抵制过度工业化对手工艺人的创作和作坊经济生产模式的破坏，呼吁通过审美塑造个体价值。

在莫里斯看来，每天看到的器物会影响人的心情、眼神，

伦敦的红屋（图片由 Ethan Doyle White 拍摄）

天长日久甚至会影响视野与人生方向。所以我们一定要让自己被精心设计与制造的美物环绕，并让此事成为一种信仰。另一方面，个人对美的追寻和创造中自然包含自主性，这便是对既有社会结构的质疑和反思。

和那座红屋一样，工艺美术运动的作品多呈现自然之美，反对资本主义和工业化。这场运动是人类工艺发展中第一次面临工业现代化的重要历史时刻。机械急速量产的潮流带给英国传统工艺一个思考发展方向的机会，有人主张拥抱机械，莫里斯则转向中世纪，以手工代替机器。他坚信"所有的艺术的真正根源和基础存在于手工艺之中"，在建筑师事务所做学徒的经历使他得以从技术层面思考问题，秉持实用的态度成立公司实际从事产品设计，而且在英国各地倡导以联盟或协会方式组织当地人士推展与生活结合的艺术。这也成为莫里斯日后的信条：真正的艺术必须是为人创造，并且为人服务的；它必须对创造者和使用者来说都是一种乐趣。这也是在品牌之外，Laura Ashley 的设计带来的社会意义。

在 1980 年代萝拉去世后，品牌几经易手，古董版 Laura Ashley 和今天的设计完全不同。我在英国逛慈善店的时候，最惊艳于 Laura Ashley 的连衣裙，每一道剪裁都巧夺天工，既矜持又挺拔地凸显身材，那些大蓬蓬袖裙子也开阔大方，让人想好好保养，减慢步伐；在崇尚快消时尚的今天，穿起来别有味道，有些反抗低廉材料、压榨人工、快速浪费的意思。

艺术不仅是墙上的图片，也不仅是一种嗜好或兴趣，还是日常生活的细节、家居用品的设计、乡村的保护、城镇的规划、道路的维护、服饰上细心的图案和剪裁。把美还给大众，就是赋予日常劳作权利，让日常生活都有美和尊严。

Laura Ashley 逝去的历史让人看到设计的公共性和社会意义。那些古董服饰不只是商品，其价值也远远超越其他品牌，所承载的不仅是英伦旧梦，更体现永远在蜕变的社会与个人生命的价值。

爱丁堡的嬉皮古着：W. Armstrong & Son

爱丁堡，城市的艺术质感

我的旧物之旅是从爱丁堡开始的。

刚到爱丁堡的时候，我和很多人一样，喜欢去高街潮牌店，尤其是当时大热的 Topshop 或欧洲奢侈品牌，因为这些都是我在亚洲就熟悉的名字。在商业和时尚产业的全球化过程中，这些连锁品牌和奢侈品是最早的得益者。

但没过多久我就发现当地一些更有趣的小店。

当时住在学校附近，逐渐发现那条街上有好几家慈善店，包括救世军、流浪者之家、帝国癌症研究基金会……每一家都变幻无穷，琳琅满目：服饰、家居、书本、瓷器、水晶、唱片、杂货……让人流连忘返。我由此开始渐渐认识和接受二手物品。因为慈善店出售的都是旧物，带着各自的故事，承载着更广阔的历史，我便透过它们，了解不同时期的社会史、文化史、政治史。这些，都是时尚的一部分。

再后来，进一步了解到不同区域的大小慈善店，以及所属的慈善机构或社会功能，便经常在周末寻访，也就逐渐熟悉这座城市每个区域的历史。服饰是生活的细节，也是审美和艺术的日常肉身，以及不同地区文化的承载，或大或小。爱丁堡这座城市也充满艺术质感，逛街散步都是一种享受，可以看到古朴的石板路、设计开阔的街道、层次丰富的景观、艺术风格浓厚的建筑、郁郁葱葱的草木。

爱丁堡从 15 世纪以来就是苏格兰首府，最主要的区域包括中世纪古堡周围的旧城，以及 18 世纪乔治三世时代开始设计、以新古典主义为底色的新城。开发新城时正值欧洲建筑蓬勃发展，不少建筑大师都趁这个机会大展身手，留下属于自己的印记——有的也确实把名字刻在了建筑上。当时的建筑风潮借鉴了古希腊的风格，包括石柱、神庙，爱丁堡也因此获称北方雅典。今天市中心的国立美术馆，就是开阔的神庙式建筑。18 世纪的苏格兰启蒙运动中，大卫·休谟（David Hume）和亚当·斯密（Adam Smith）等思想家带来思想文化乃至社会变革，为"北方雅典"这个名字增加了建筑风格之外的文化联系，进一步丰富了这座城市的文化。

这些历史脉络决定了这座城市的艺术质感。

W. Armstrong & Son：品味与生活趣味的古玩家

后来爱上在城市漫步，再走远一点，就发现有一家店叫Armstrong's，样子复古而怪趣。当时我的学院在山上，每天上山的途中都会路过他们的分店。

他们的橱窗总是布置得特别有复古气息，不时更新。有时挂满古董帽子；有时展现维多利亚时代的宫廷舞会；有时是1950年代的迪奥新风貌风格的蓬蓬裙；有时模仿名画，比如克里姆特（Klimt）的《金衣女子》，而且还很像。

城堡下草地市集（grassmarket）分店的空间更大。走进那家店就仿佛走进《博物馆奇妙夜》，有法老的木乃伊，有挂在空中的飞行裸男，有不同时代的戏服、礼服、道具、衣裙、饰品、西装、风衣、银器……

这家全名为 W. Armstrong & Son 的古着店，成立于1840年，有悠久的历史，目前在爱丁堡有两家分店。

在那里可以找到所有你想得到和想不到的美物。比如天鹅绒吸烟夹克和复古 T 恤，1920年代《了不起的盖茨比》风格的花呢西服和1960年代的皮夹克。还有1920年代的开襟上衣或1960年代的嬉皮小鸡风服饰给人穿衣上的启发，或者尝试一件东方的丝绸长袍或1950年代的舞会礼服。配件的范围也令人印象深刻，能够提供适合每种时尚品味的东西。店里有整整几排古董 Burberry 风衣，有的甚至"古"到19世纪。就是在这里我

W. Armstrong & Son 店门口

买到了自己的第一件 Burberry 风衣，至今珍爱。花呢是苏格兰特色，尤其是哈里斯毛料（Harris Tweed），这里也是各色花呢西装的天堂，可以找到适合场合的款式。

这家商店不仅受普通市民欢迎，也受爱丁堡艺术学院学生欢迎，因为它可以为日常增色，更可以为艺术想象打开多层空间。不少明星也是这家店的粉丝，包括歌手凯莉·米洛和摇滚乐队法兰兹·费迪南（Franz Ferdinand）。

所有这一切精美的昔日风华，都不让人觉得高高在上，而是随意而颇富趣味地摆放着，让人逛得自在安然。价格也非常

W. Armstrong & Son 店内陈列

亲民。他们深深明白物品是历史的载体，每个人都是历史的参与者，拥有平等欣赏、享受美的权利。所以这家没有将自己打造成奢侈品商店，而是走平易近人又充满趣味的路线。一百多年来，他们从来没有改变过自己的风格。今天，他们的工作人员、他们的网站和社交媒体的风格，依然是嬉皮的，而不是精贵的。布满刺青、在酒馆打工的年轻人也可以穿 1950 年代的蓬蓬裙或花呢西装，照样韵味十足。只要懂得欣赏风尚和艺术的设计之美、工匠的用心和才华，都可以是他们的顾客。品味关乎理解，而不是金钱、背景或阶层。

审美的日常与开阔彼岸

Armstrong's 是爱丁堡这座自由、赋权、艺术质感浓厚的城市的缩影。

爱丁堡每年都有艺术节，始于第二次世界大战之后，旨在复兴欧洲的文化精神，给人们带来希望。汤姆·斯托帕（Tom Stoppard）的现代名剧《君臣小人一命呜呼》（*Rosencrantz and Guildenstern Are Dead*）最早就是在这里演出，受到好评后才有了后来的舞台剧和电影。最近红遍全球的BBC英剧《伦敦生活》（*Fleabag*），最早也是主演、导演兼剧作家菲比·沃勒-布里奇（Phoebe Waller-Bridge）自己在爱丁堡的独角戏。因为独角戏备受关注，然后才有了风靡全球的电视剧。

爱丁堡也有图书节，有一年迎来九十三岁的朱迪斯·克尔（Judith Kerr）。她因绘本而闻名，还获颁大英帝国勋章。她的父亲是普鲁士文化评论人安德鲁·克尔（Andrew Kerr），幸好当年全家流亡到英国，才躲过了纳粹的屠杀。

在爱丁堡的求学回忆

在高等教育方面，苏格兰是欧洲乃至世界范围内受教育程度最高的地区之一，这很大程度上得益于高等教育对苏格兰学生免费——在2012年以前，也对欧盟学生免费。成立于1582年的爱丁堡大学，是英语国家中第六古老的大学。2017年，爱丁堡约八万名学生接受继续教育或高等教育，92.3%的爱丁堡学校毕业生都得到积极就业的机会。

爱丁堡在我心中一直代表了英国的左翼多元社会，开放得自然而然。那些在好莱坞看来让人生疏的外语片，放在爱丁堡的独立电影院 Filmhouse 不过是普通电影而已；前一天在餐馆端盘子的朋友第二天可以上英国电影学院奖颁奖典礼（British Academy Film Awards）领奖。免费的高等教育、平易近人的艺术使知识的获取和生产更普遍，加上欧盟成员本科免费和每年都举办的艺术节，让爱丁堡成为欧洲创意人才的流动据点，也使得整个社会充满创意、活力和流动性。

在我的毕业典礼上，神学院的院长没有像其他大学那样强调本校的名誉，或者作为本校毕业生的特权，而是诚恳地反思了当代教育的失职和社会的偏见与压力：他听说有一位学生因为饮食紊乱症而自杀，心痛不已。身为爱丁堡大学的毕业生意味着你永远会为边缘人和少数群体站出来发声，你的价值远在学界之外。这样的发言，今天想起来依然令人动容。爱丁堡大学在 16 世纪从牛津和剑桥的学院制分离，旨在贴近社会、服务社会，与爱丁堡的丰富、多元和开放相辅相成。我在日记里，一直将爱丁堡称作"爱城"。

上图：毕业典礼那天和院长合影

下图：毕业留影

毕业当天的盛况

毕业生上台

爱城丰富而大气，山顶望见海岸，风笛声辽阔无际。爵士酒吧二十四小时演出，古董店和书店开至深夜；演出和展览不断激荡心智，酒馆和咖啡馆里很容易撞见朋友。无论单身与否，大家都能享受波希米亚式的生活，永远不会孤单。我和身边的姑娘们经常穿上古董衣裙去参加舞会，出门前在家小酌，天南地北地倾谈；后来她们一个去了苏格兰政府部门工作，一个回印度教书，一个回了奥地利。有一次聊起家庭结构的变化，我们说如果一直不从传统，没有孩子，以后可以一起开间早餐旅店，建立一个社区，彼此扶持。

　　学术生涯总是充满迁徙。刚从爱丁堡搬到牛津的时候，不禁抱怨"牛津简直就是乡下，看建筑还以为是考文垂（Coventry Blitz）……"。后来也喜欢上了那里的生活：本地电影院、咖啡馆、诊所、慈善店，还有朋友。傍晚散步时，可以随意拐进一间学院礼拜堂听巴洛克音乐会。莎士比亚和中文俗语都有心安即家的说法。住过的地方都是故乡，因为有价值，因为所幸还有选择的自由。

　　在我历经他乡的旅途中，那些带不走的友情、社群、家人，永远处在质疑状态的归属感和根，都在爱城开放的气质和深厚的文化积淀中得到温柔包容，而我在 W. Armstrong & Sons 这样朴实又精怪的古玩天堂中得到无限的灵感和自由。

上图：爱丁堡市中心，从国
　　　立美术馆走到神学院
　　　的阶梯

下图：俯瞰爱城

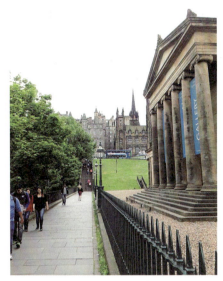

古着的日常穿搭

就像前文介绍的那样，古着来自不同时期，有些年代更久、更经典、更古旧，比如我有不少 1920 年代的帽子，也有 1950 年代的裙子；有些可能来自更近的 20 世纪八九十年代，比如我有 1990 年代的皮衣。还有一些是今天快消时代的二手衣物。

在英国时，几乎每天浑身上下都是古着，以复古裙装为主，因为当时所在的大学城其实是小镇，生活简单，道路开阔，适合日常漫步。搬到香港之后，生活节奏变快，从前的着装风格不再合适，因为赶地铁、上下飞速的自动扶梯，必须更换衣柜，改成更利落的风格，于是开始穿裤装，也跨进了更现代的时装。以前很喜欢的一顶男士呢帽，几乎每天都戴，成了我的个人标志，也因为这里天气太热而不得不放弃。

这里分享一些旧照片，希望和大家分享一些灵感，看看古着如何能成为日常生活中的一部分。

春季

母女同款裙

横条纹上衣与黄色窄裙

夏季

二手草帽与蓝色长裙

穿着古董海魂连衣裙在玫瑰园赏花

秋季

芝加哥湖边的秋日穿搭

秋日在校园漫步,身着二手粉色毛衣、宝蓝色帽子与兰花伞裙

冬季

粉色圆帽与长靴　　　　　　　蓝色大衣与古董帽子

在异国求学之二手家居布置心得

异国求学和与其相伴的学术生涯总是伴随着诸多漂泊和迁徙。从留学开始，十多年来搬过起码六次家，其中三次是跨洲的：从亚洲到欧洲，从欧洲到北美，再从北美到亚洲。

在英国读书时也搬过好几次家。每次搬家都是一次对灵魂的拷问，因为要面对自己收集和堆积的物品，不过同时也得以回味生活的点滴。每次搬到新的地方，哪怕只是几个月甚至几周这样短短的时间，也希望能尽量打理得温馨舒适，有家的感觉。这是我在充满不确定性的人生轨迹中，为自己提供安慰的方式。这样，每次在动荡和迁徙中，都能找到家的感觉。

在异乡营造家的感觉

在异乡搬家的过程中，我也学习着不同地方在家居和装修上的特色。在英国的时候有一个网站叫 freecycle（免费循环），大家会把不再需要的物品放上去，免费送人，有些大件的需要上门提取。除了循环利用旧物，也充满人与人之间的信任。英国和美国的慈善店、二手店和古董店都有家具和家居用品。不但经济，而且能从二手用品中学习设计史。在不同国家、不同城市、不同建筑、不同人生阶段住过的地方，我都用二手家居用品布置出了不同的风格。比如在英国时家居布置比较偏维多利亚风格。到了美国之后，住的阁楼有高高的原木墙面，便顺势以中古风布置家居。

但不变的是无论到哪里都希望住所整洁美好的努力。这是长期离散的人给自己搭建的安全感。后来在一篇文章中写道："家不仅是生活的世界，也是心之所向的记忆中的世界。这也许就是'家'的嬗变：不仅是宗族或建筑，也不仅是性别、世代和中国社会秩序之间的微观政治，也是作为行者的个人在不同国度中努力建构的空间。"

怀念的家居布置

有三次家居布置的经历最让人怀念。第一间是在爱丁堡的开放式公寓[1]，这是我第一次体验独居。公寓位于街角的老式公

---

[1] 英国的房型格局之一，除了浴室，其他的区域基本上都没有隔间。卧室、书房、客厅、厨房都是连通的，要用家具或其他摆设区隔开来。

寓大楼，交通便捷。进门是狭长的走廊，后来成了摆放和展示鞋子的地方。走进来，明亮的公寓有开放式厨房、宽敞的桌子、沙发床和壁炉。

因为是第一次独居，没有家人或室友的帮忙，花了很长时间来布置。好在附近刚好有好几家高品质的慈善店。

我用二手画架做展示架，把从世界各地带回来的海报和食物包装剪开、贴到壁炉上面的墙上，成了背景墙。

从慈善店里买到了古铜烛台，从二手店买到了藤编咖啡桌——桌面是白色瓷砖。徒手搬回家，累了就在路上休息片刻，手上都长了茧，但充满自豪。这些家具后来也跟着我搬到了牛津。

附近好几家慈善店里都有丰富的瓷器，于是我开始收藏茶具和碗碟。在咖啡桌上和朋友喝茶，周末请朋友来吃饭，如果是早午餐，结束后还可以一起去附近的中央林区散步。

宝蓝色桌巾与粉色花束让餐桌布置显得颇有风格

书与花永远是最好最简单的居家摆设

英式的古典布置回忆

第二间印象深刻的居所是在爱丁堡的一幢历史保护建筑里。这是典型的英国乔治时代的新月建筑（crescent），因为整排建筑流畅恢宏的新月形外观而得名。乔治时代的建筑大多宽敞，讲究对称、庄重，深受古希腊罗马时代建筑的影响，充满新古典主义风格。内部也同样宽敞而高挑，屋顶和墙面有精美的挑花，屋主留的家具都是家传的宝贝，给人一种生活在现代英国时装剧里的错觉。入住后，我也相应地增添了很多更有古风的家具，包括从爱丁堡的古董茶室买的唱片机、樱桃木书桌……因为是一楼，正对宽阔的草坪，打开高窗就能邀进风景。

这里还能举行更大型的宴会，有时会邀请朋友们穿上具有旧时代风格的服装来赴宴，度过了许多愉快的时光。父母来探望我时也曾在此小住，他们每天早上都兴致勃勃地观察从草坪经过的上班族。

从苏格兰搬到英格兰的时候万般不舍。收藏的家居和瓷器卖或送了一些给朋友。

在牛津住过简单的开放式公寓和学校宿舍。风景都很好，窗外茵茵绿草，总是觉得阳光明媚。

而从英国搬到美国的时候更多的是失落和不安。当时曾写下这样的文字："海运公司 Seven Seas（七海国际）取走了最后一批箱子，十三箱运去上海，多是书和瓷器，超重，临时加箱。

这么多东西到时要麻烦家中二老签收、收拾，占用上海人最在意的生活空间。有父母永远为我敞开的安心踏实的归所，我便不是漂泊无依、四海为家。"

美国中部的回忆

我花了很久才习惯美国中部的生活。美国中西部的发展因应了汽车工业时代，大多没有公共交通，也很少有行人。街道光秃秃的，没有沿街的花园、商店或草坪。我当时所在的大学城，因为阿姆斯特朗登月而红极一时，整座城市的外观也好像停留在 1960 年代。

租住的房子也很有 1960 年代的风格，让人想起美剧《广告狂人》(Mad Men)。上下两层的阁楼，温暖的木板从头贴到底，于是顺势用中古风格布置起来。美国的二手交易网站叫Craigslist，我从上面买了原本是户外使用的白色透明台面圆桌、白色沙发、风格简洁的扶手椅。后来又在网上买了中古时代的唱片机，带无线电。小镇也有特别有个性的一面，比如有一家内容丰富的唱片店。我从那里买了不少老唱片，包括美国嬉皮时代西海岸流行的日裔美国乐队的专辑。

有一次半夜收工，从办公室回家的路上一片安静，只有鞋底踏雪和冰的声音。回家打开电台，便很有家的感觉。

以前和好朋友商量过，我们要打破以家庭为中心的社会结构，等退休了就一起办旅店。当时大家说起，如果我们始终单身或没有孩子，又离家人很远，大家庭甚至核心家庭的模式不再能维系日常情感，所以要以朋友为单位。后来那位朋友回了奥地利。

在美国时认识了一位忘年交，老太太的幽默感很强大，有时候她侧着头我就能笑出来。当时她先生刚去世不久，她有时还会开玩笑："我现在更不做饭了……以前他说都是他做饭，我说但我是愉快的吃客（delightful eater）啊。"老太太也觉得生活因为突然单身而变得尴尬：这里是大学城，一个人去吃饭经常遇到学生。

在爱丁堡和牛津的时候有一群特别要好的朋友，也因为都是步行城市，朋友间可以随时串门。还记得我离开牛津前和朋友吃饭，吃完饭去另一位朋友家串门，她正在煮泡面，跟我说："你刚才吃了什么好吃的快跟我说，听听也开心……"有时和大家一起吃饭可以笑到在地上打滚。爱丁堡的生活太丰富，朋友之间经常一起出门，在路上可以笑得直不起腰；下午喝个咖啡，说起晚上独立电影院 Filmhouse 放电影，便可以说走就走；或者春节请客可以从早上十一点一直吃到第二天凌晨，到最后有坐有躺，总是交心。

在美国也有朋友，但和从前不一样。一来以前大家都是学生，时间松散；二来生活阶段不同，现在的朋友大多有家庭，更愿意过小日子，单身的也拼工作，因为在美国大学工作不容易。美国人结婚也早，法律制度也不一样……最不一样的是这里的空旷：公共建筑和设施的缺乏、以车位为中心的设计让人觉得自身渺小而空旷感则格外巨大。

我在美国中部小镇的空旷和异化中差点抑郁。幸运的是就在很痛苦的时候，当地一位好朋友打来电话，说只是突然想问候一下我。接下来的几天我就奉命天天到他们家蹭饭。很家常，有时就是热狗，但每次都很愉快。感激不尽。

即使过去了一段时间，我的忘年交有时还是会难过。这让我想起在英国遇到的一位给我们上课的老先生，那时他太太刚去世，有时会露出茫然的样子，喃喃道："Well I used to have a wife, now I don't..." 让人心沉得动弹不得。没有永远的陪伴，人总是孤独的，也总是会孤独。这就是为什么我们那么喜欢《老友记》(*Friends*) 或者《老爸老妈的浪漫史》(*How I Met Your Mother*) 这样的美剧吧，因为它提供了一个美好的幻想：主角们和我们一样，是漂泊他乡、从各地相遇在一起的专业人士；但剧中的朋友们永远在一起，不仅在一个城市、一个街区，甚至一直都在同一家酒馆。而现实中，朋友们永远在告别。

但哪怕短暂，我们离家之后还是碰到了很好的朋友，哪怕离开再远，依然可以用各种方式保持联系，是现代的天涯若比邻。那些交心的瞬间会留下深刻印象，也会在很多居无定所但可能也充满新挑战的日子里成为人生的亮色。我后来写过一句话：友情是磅礴的革命；未必一定是革命，但友情是希望，是光，在未知中照亮彼此。

离开美国的时候，我把唱片机送给了老师正要离开家去上大学的女儿。

希望那些给我带来美好回忆的二手家居用品，也能继续给其他人带来快乐。

异地相逢皆是客，四海为家此心宽。留下踪迹和回忆的都是故乡，都是他乡。

第三章

岁月如瓷

古董瓷器蕴含的工匠精神

多年前写下"岁月如瓷"这句话，因为热爱陶瓷。无奈不断漂泊的学术生涯带不走那些宝贝，只能在心里珍藏，同时体会岁月的变迁。这么多年过去，对这句话不断有新的感触。古董瓷器里蕴含的工匠精神，"美"的力量和意义，在我对器物的拥有之外。我也不过是在岁月中，暂时保管那些器物的人，有幸聆听器物中蕴含的岁月的声音。

就像英文诗人济慈在《希腊古瓮颂》（"Ode on a Grecian Urn"）中写的那样：

你委身"寂静"的、完美的处子，

受过了"沉默"和"悠久"的抚育，

呵，田园的史家，你竟能铺叙

一个如花的故事，比诗还瑰丽；

在你的形体上，岂非缭绕着

古老的传说，以绿叶为其边缘；

讲着人，或神，敦陂或阿卡狄？

……

听见的乐声虽好，但若听不见

却更美；所以，吹吧，柔情的风笛；

不是奏给耳朵听，而是更甜，

它给灵魂奏出无声的乐曲；

树下的美少年呵，你无法中断

你的歌，那树木也落不了叶子；

鲁莽的恋人，你永远、永远吻不上，

虽然够接近了——但不必心酸；

她不会老，虽然你不能如愿以偿，

你将永远爱下去，她也永远秀丽！

……

哦，希腊的形状！唯美的观照！

上面缀有石雕的男人和女人，

还有林木，和践踏过的青草；

沉默的形体呵，你像是"永恒"

使人超越思想：呵，冰冷的牧歌！

等暮年使这一世代都凋落，

只有你如旧；在另外的一些

忧伤中，你会抚慰后人说：

"美即是真，真即是美"这就包括

你们所知道、和该知道的一切。

（查良铮　译）

英国名瓷
Wedgwood

————— · —————

Wedgwood 诞生于英国工业革命时期，在实用的基础上强调美学的文艺复兴，与英国人的传统精神相应。因为 18 世纪时的一套陶器（earthware）被当时的夏洛特王后（Charlotte of Mecklenburg Strelitz）青睐而扬名欧洲。最有代表性的系列包括碧玉浮雕（Jasperware）、甜梅（Sweet Plum）、彼得兔（Peter Rabbit）、御马（Equestria），以及后来与著名婚纱设计师王薇薇（Vera Wang）合作的白金（Platinum），与时尚设计师贾斯珀·康兰（Jasper Conran）合作的中国风（Chinoiserie），近期现代风格的杜鹃（Cuckoo）和春天礼赞（Harlequin）等。配合不同时代的风格，时而富丽堂皇，时而清雅矜持，Wedgwood 是英国本土品牌与时俱进，同时打英国历史牌尤其皇室牌而走向世界的典型例子，是收藏瓷器的良好起步。

Wedgwood 不但经典，而且不断推陈出新，融入英国人的生活。在慈善店经常能见到一些特别的纹样，也许并不成套，但也不止一件。层出不穷的设计里，我独爱它早期的碧玉浮雕系列。在爱丁堡时曾经在新城区的古董店淘到一对碧玉浮雕的烛台，去年生日收到碧玉浮雕 1970 年代制的茶壶，后来又买进半打碧玉浮雕 1970 年代的圣诞纪念盘，偶然凑成一系列。品牌一贯稳重大方，茶壶用起来得心应手；只是因为材质关系，茶壶较重，也容易烫手，需要用茶壶套（tea cosy）包着斟茶。

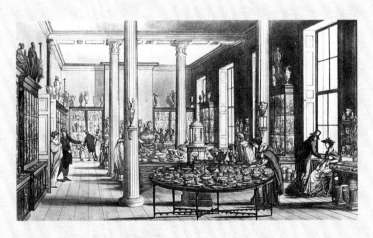

Wedgwood 创办人在圣詹姆士广场

古董瓷器中光阴的痕迹

在英国读书时，我在神学院的导师是一位品味不凡的英国老太太——尹教授。她不但学问做得好，在世界各地收藏的宝贝也让人惊叹。大部分人进行田野调查的结果可能是一本书，但她能从香港带回来一张古董桌子，或从非洲背回来一大袋红米（Oryza longistaminata）。

当然，每次举办宴会，她也总有上好瓷器相配。老太太有整整三套Wedgwood，分别在人生重大事件时得赠。她的人生并不是一帆风顺，但她毅然在另一个城市独自开始新生活，将一对聪明漂亮的双胞胎女儿培养成才，门下桃李满径，带出了无数衷心敬重她的学生。

三套Wedgwood瓷器的人生转折

往常复活节的弥撒过后，我们都会相聚于尹教授宅邸。老太太的家乡位于英格兰约克郡，当地以乡绅及下午茶出名。尹在神学院任教前从事人类学研究，曾在东南亚生活多年，深入研究过亚洲宗教及美食，并活学活用，把平淡乏味的英国食材烹调得出神入化。

每次聚会，她都按照惯例烤一整只鹅（不是火鸡或鸡，因为鹅更独特），内填洋葱馅。佐餐调料共三种：自制苹果酱、自制酱汁、自制面包酱。面包酱最为复杂，要提前一晚做才入味，把小茴香一颗颗钉进整头白洋葱，在牛奶中煮半小时后加白面包，继续煮至软烂再加盐及胡椒调味，其间还需不断搅拌以免粘锅底。做好后美味至极。烤鹅外还有时蔬五种：胡萝卜、孢子甘蓝、马铃薯、紫甘蓝、欧防风。餐后有尹自制的面包布丁，这道传统英式甜品是由面包浸牛奶鸡蛋后加葡萄干烤制而成，柔软香甜。

每回宴会，尹都取出全套的 Wedgwood 瓷器。人多的时候取两套，一套藏青嵌金，一套白瓷绿林。另有一套浅蓝浮雕，其中几只盘子水罐还经常用。器皿里盛的不仅是食物，更是故事——三套限量版 Wedgwood，一套是尹当年的订婚礼物，一套是结婚礼物，另外一套则是离婚纪念。

尹教授是学院里每个女生的偶像。不少人满心向往地说："真希望我是她女儿……"（尹那对漂亮能干的双胞胎女儿，双双毕业于牛津，现居伦敦。）总有学生在 Facebook 上贴自己与尹的合照，希望将来能成为尹那样的女人。尹对学生的照顾既细致又富有建设性，能让人从一摊烂泥站起来变成砖瓦。每次在尹家温暖宽大的厨房里环顾她随处摆放的相片，看着各个时期的尹，便感慨于岁月将她打磨得如此智慧与坚毅，又让她永远都那么善良而宽博。

尹家的餐室是整栋房子里最有特色的房间。走廊及客厅亦宽大古朴，满是尹周游各地带回的艺术品，而餐室漆成淡绿色，则非常女性化，更特别的是一面墙上挂有青色日式水墨和服一件，另一面则轻悬朱红中式系裙，青红相映——这石榴裙下大快朵颐的意境，每次进来都让人不由得莞尔一笑。

泛黄缄默的旧回忆：隐忍与骨瓷

这一年，在餐室数不胜数的相片里，无意中发现一张泛黄的旧照。照片中尹和她的前夫，把尚小的两个女儿，一人一枚抱在怀里。一家人都在笑。还有几张是尹在马来西亚做田野调查时的相片，当时中年本该略有富态的尹却瘦得脱形。她曾笑着解释："那是我刚离婚的时候。当时我整整两个月无法进食，只能吃面包布丁。因为那种布丁最软烂，是孩子吃的，能让我想到童年。想必是胃提醒自己让身心回到一个最原初、最安全的状态。"

尹老太太曾经说过，（传统上）英人不吵架。据说尹教授的父母亲结婚六十年，从未红过脸。当然也会有矛盾摩擦，只是隐忍。天大的委屈都宁愿避开去，也不与人说，认为不成体统。尹说："从很早便知道他对不起我，有些情人甚至是我的同事。但我想给女儿们一个完整的家，所以选择缄默。整整二十年。待她们都从牛津毕业各自独立生活，我才提出分居。那也是我开始吃面包布丁的时候。"

"老师……怎么可以忍那么久？"

"亲爱的……只要练习。尊严比什么都重要。"

不错。由外人看来，这种练习在英国管家身上体现得最为淋漓尽致，无论是《唐顿庄园》中保守的管家卡森，还是小说《长日将尽》中石黑一雄笔下隐忍终生、将爱深埋心底的史蒂文斯。

骨瓷的保存也是如此吧。这些不合现代生活节奏的奢侈品，不可放进微波炉及烤箱做偷懒菜，也不可用洗碗机清洗，甚至不适宜用强力清洁剂。每次使用后必须亲手用温水和小苏打小心洗涤，再用软布擦干。骨瓷的价值不但在于工艺，更在于漫长岁月中谨慎的承担：无数次千钧一发，无数次及时挽回。古董之美，在于痕迹，在于完美之下的残缺。矛盾的是，即便物件本身看似完美，但那完美是基于对残缺的努力规避，因此在意识中残缺已经形成。看似没有伤口的完整性，靠的是谨慎、节制、隐忍沉淀和抚平疮痍的心气。

尹教授微微含愁的温暖微笑，是二十年的隐忍，蜕变成无法辨别的痕迹。

Wedgwood 的碧玉浮雕茶具

Wedgwood 古董餐盘

古董托盘和轻煎接骨木花

浪漫矜持的维多利亚时代与 Royal Albert

"世外桃源"也许是一个非常东方的概念：远离尘嚣的安宁，柔软中有刚韧，胸怀上开阔不阿，心怀高远但不凉薄。英国的乡村梦也寄托了类似的理想；田园牧歌的意境里面，心中的法则嵌在茅草屋蓬（thatched cottage）、潺潺溪水、树影斜阳中，虽不直言，但与头顶的星空同样澄澈明晰。

起源自维多利亚女王时期

维多利亚女王统治时期，大英帝国达到鼎盛，海外殖民带来丰润利益和多元文化。女王又从夫君萨克森-科堡-哥达公国的阿尔伯特亲王（Prince Albert）那里带来欧洲大陆的新奇事物，至今令英人怀念。比如圣诞树原是德国习惯，英国之前并无此项传统，也没有矜持严格的道德法则。国内经济的稳定和蓬勃，鼓励大批新兴手工业者自立门户，其中就包括 Royal

Albert 骨瓷公司的创始人：托马斯·怀尔德（Thomas Wild）。品牌最初不过是个小作坊，以 T. C. Wild & Sons 为标记，现在的名字因纪念维多利亚女王的曾孙阿尔伯特王子（1895—1952）的生日而命名，也就是后来被"只爱美人，不爱江山"的兄长推上王位的乔治六世（1936—1952），电影《国王的演讲》的原型。从怀尔德为品牌命名为"皇家阿尔伯特"就可以看出其对帝国的自豪之情，以及对浪漫而矜持的英国传统文化的热爱。

以繁复样式茶具起家

Royal Albert以茶具起家，产品也大多与下午茶有关，比如蛋糕盘、带盖和不带盖两种糖罐、水果碗、壶承、三明治盘、两或三层的蛋糕架。茶杯形状也有讲究，包括喇叭状的装饰艺术风格、波浪形的雅芳（Avon shape）、翻边的切尔西（Chelsea Shape）、有棱纹的圆柱形（Bristol Beaker）、较小的女爵（Countess Shape）、葫芦形状的伊丽莎白（Elizabethan Shape），还有乡村玫瑰（Old Countny Rose）系列特有的蒙特罗斯（Montrose）。

经典图案系列包括1920年代的奇鸟（Exotic Birds），1920年代至30年代的黑底白色栀子花（Gardenia），1940年代的黄色茶花（Tea Rose）、泰迪熊（Teddy），1950年代的旧磨坊水彩风景（the Old Mill）、塔希提红花（Tahiti）、晕染玫瑰（Mailady），

1970 年代至 1980 年代的碎花温柔（Tenderness），1980 年代的浅蓝色玫瑰蒂凡尼（Tiffany）、月光玫瑰（Moonlight Rose），还有最近几年大红的新款波点（polka dot，其实是 1950 年代经典图案的创新）和嫩粉（cheeky pink）。个人最爱的是简洁而艳丽的栀子花系列，极富彼时装饰艺术风格；当然，还有散金的乡村玫瑰。

Royal Albert 的乡村玫瑰蛋糕架

乡村玫瑰系列：英伦乡村梦

乡村玫瑰系列诞生于 1960 年代，正值"二战"后社会经济复苏之时。百废待兴，英国人自然需要一个可以追念并为之奋斗的理想，旧日英伦之美正是完美的候选。如果有人认为英国的文明可以从城市看出，那就大错特错了；英伦风情之美，美在乡村，美在田林。那大片的山野和村庄至今保持原貌，与几个世纪前无大差别；林间漫步，如果身边突然跑出一匹骏马，马上是一位英俊乡绅或贵妇，你也不会感到奇怪；19 世纪浪漫主义小说的情节依然可以在如今的乡间演绎。几年前英国电影人重新将英国文学名著，艾米莉·勃朗特所著的《呼啸山庄》搬上大银幕，取景时根本无需特别布景，直接在约克郡的乡村拍摄就可，因为风景和几百年前无甚大变化。

乡村玫瑰可谓是捕捉了英伦乡村梦的精髓。金黄、深蔷薇、珊瑚粉三色的玫瑰，不但在颜色上相得益彰，形态上更是大大小小、错落有致，如同 6 月盛开的玫瑰园，活泼中又有沉稳和优雅；深浅绿叶点缀，这份曼妙似乎有生命力，不断在生长（在高挑的咖啡壶上，这个系列生动的美感更为突出）。更难得的是，瓷器边缘都有 24k 金边，但色泽暗得温暖而不张扬，浅浅晕开。骨瓷清透而温润，如此精工，难怪乡村玫瑰是 Royal Albert 最受欢迎的瓷器图案系列，更是戴安娜王妃身前的最爱。

从青花瓷到丹麦蓝

许多爱瓷人都会收藏丹麦 Royal Copenhagen（皇家哥本哈根，全称 The Royal Porcelain Factory）的唐草系列（blue fluted），我也不例外。除了蓝白色调的清雅和简练，别出心裁的瓷质花边更是与众不同，让精致而静止的瓷器有了动感，有如莲荷出水的瞬间。

Royal Copenhagen 于 1775 年创立。标志上的皇冠标志皇家御用，三条波浪线则代表围绕丹麦的海峡。

唐草花边是 Royal Copenhagen 出品的第一个系列，也同样诞生于 1775 年，被称为第一号纹样（Pattern No.1）。直到今天，所有的唐草系列都带着"1"的标记。轻透而玉润的白色骨瓷上绘有钴蓝色花卉，笔法细致精妙，据说每一件都有用刚好一千一百九十七笔绘成的对称蓝花，细腻的笔法让人感叹这份暗含锐气的华美。在批量生产成为常态的今日，Royal

Copenhagen 都坚持手绘每一件瓷盘；在瓷盘底部，也会见到绘制这件瓷器的师傅签下的名字缩写。

关于唐草的名字，Royal Copenhagen 的官方解释是此纹样的丹麦文为"Musselmalet"，意思是贝壳。尽管许多人认为该名称的由来是瓷器的凹凸线条让人联想到蛤或贝壳，但实际上该形状的灵感来自菊花和金露梅。唐草系列借鉴了中国瓷器，而菊花是中国当时流行的图案。随着花纹的发展，它以简单、程式化的形式保留了菊花的形态，也加上了生长在北欧地区的一种五叶形花——金露梅。而之所以用这样的图案，据说也是丹麦化学家弗朗茨·海因里希·穆勒（Frantz Heinrich Müller）周游欧洲，去德国著名的瓷器公司 Meissen（梅森）取经而来的。Meissen 公司早在 1730 年代已经从一只康熙年间的碗，学习并发展出蓝色洋葱（blue onion）系列。

唐草纹路背后隐含的政治文化史

而唐草这一名称，来自中国传统图案"唐草"，包括忍冬、荷花、兰花、牡丹等花草，经处理后作"S"形波状曲线排列，构成二方连续图案，花草造型多曲卷圆润，通称卷草纹。又因盛行于唐代，故名唐草纹。一说是由于当时日本人慕唐，对于所喜爱的中国风，往往称唐，如唐门、唐子。日本名瓷柿右卫门的中国幼童式样，就被称作"唐子文"。而丹麦瓷器又从日本

Meissen 公司的茶具与巧克力盘

流行回中国，许是借了日文汉字的译名而来。若是如此，这就是一段有趣的曲折回流的政治文化史。

不单是名称，唐草系列的绘制技巧也包含一段全球史：唐草系列的釉下蓝彩受中国当时流行的青花瓷影响，但采用的烧制技巧是1775年由穆勒琢磨出来的，后由丹麦皇家设立瓷器厂，因而得名"皇家哥本哈根公司"。这些是在跨国企业诞生之前历史中的全球联结。

唐草图案在欧洲走红后，英国瓷器中也有这样一套相似的蓝花瓷。著名的连锁百货公司 John Lewis，就以 Johnson Brothers 出品的丹麦蓝花系列（Blue Denmark）为经典之一。与唐草系列不同的是，Johnson Brothers 的丹麦蓝花系列并非手绘，因此花朵更大，排列更为几何式而稍显木讷，多了一份稳重而少了一份细雅。

蓝白色彩与丹麦人的进食洁癖

除了百货公司的新品，市面上也流传一些古董丹麦蓝花，譬如 Furnivals（弗尼沃）。这个公司来头有趣，该公司源自于特伦特河畔斯托克的小作坊，原本的名字非常朴实，叫作托马斯·弗尼沃父子公司（Thomas Furnival & Sons），1913 年改为弗尼沃有限公司（Furnivals Ltd）。他们根据 Royal Copenhagen 的唐草图案创造出蓝花系列，命名为"丹麦蓝花"。《陶瓷报》（The *Dotteny Gazette*）评论道：这种惹人喜爱的蓝白色彩非常简练，似乎表达了丹麦人对处理食物和进餐过程的洁癖心理，这种特性通过餐具本身的沉静气质自然表露出来。

　　Furnivals 曾经是斯塔福郡大小瓷器商中最成功的一家。1960 年代因扩建失败，被 Enoch Wedgwood (Tunstall) Ltd（伊诺克·韦奇伍德）收购，该公司的创始人与著名的英国御用瓷器品牌 Wedgwood 老板同姓，乃是远亲关系。Enoch Wedgwood (Tunstall) Ltd 又于 1980 年代被后者收购。但丹麦蓝花的图案并没有因此而流失：如今 Wedgwood 所属集团旗下的 Johnson Brothers 及 Mason's（马森）依然在制造丹麦蓝花图案，并一直为英国人民所喜爱。

Furnivals 的茶壶与郁金香十分相衬

从事大批量生产的跨国企业是非常现代的产物，而其中一些瓷商仍在坚持手工工艺，其重要性就在于技艺的历史渊源。我的 Royal Copenhagen 收藏都来自慈善店，是多年细心发掘和寻找的结果。我也暗暗感激那些由于种种原因，将自己收藏的瓷器捐给慈善店的人。

　　知名的前辈收藏家简隆全说得好：

　　　　重要的是从学习鉴赏与收藏的过程中，养成仔细品味与感受细节的能力，感受那质地、式样、色彩、光影、形制的细微差别，年代所产生的美感趣味、历史痕迹。再者，我们都知道每件手工制品都有其独特性，我们是否会约化等同每件唐草或蓝花的同系列作品？我们是否留神凝视每件作品的笔触勾勒与布局，并试图领略其气质与精神？

　　收藏的核心，不应该只是讨论其收藏价值、市场定位。更重要的，是欣赏和领会其中的艺术创作和历史痕迹，珍惜岁月带来的安然，和因缘际会赐予下一任收藏者对这份美的拥有。

　　这些对"美"本身的感知和珍惜，能重新赋予个体话语权。好比英国工艺美术运动先锋威廉·莫里斯所提倡的那样：在生活中微小事物的创造之中重现自然之美，珍视工匠的价值，为使用者带来真正的快乐和自由。

左图：Royal Copenhagen 蓝花餐桌

右图：Royal Copenhagen 蓝花咖啡杯

从花样年华到 2046：Fire King 与香港传奇

王家卫的电影《花样年华》描绘了 1960 年代初的香港。

在"六七暴动"（亦称 1967 年香港左派暴动）之前，港英政府开始改变政策，战后移民也逐渐来港。《花样年华》描绘的就是战后移民的故事。电影灵感来自小说《对倒》，作者刘以鬯正是由从上海辗转至香港。原著设定在 1970 年代，而王家卫把故事换到 1960 年代初，止于 1966 年，那是"文化大革命"开始的一年，也是香港"六七暴动"发生的前一年。电影关于追忆，导演所选择的时间，标志着一个时代的结束和一个未知未来的开始。

《花样年华》与 1960 年代的香港

《花样年华》描写一对因伴侣出轨而相识，继而暗生情愫的男女。他们经常见面的地方是一家老派茶餐厅。从主演梁朝伟和张曼玉的特写中可以看到，茶餐厅里用的茶杯，是美国玻璃器皿公司 Anchor Hocking（安佳）的经典产品 Fire King（火王）的碧玉系列。杯子并不奢华，反而耐用，代表了某种实用主义，但也充满对现代审美的追求。

温润的 Fire King 可以说是那个故事和那个时代的象征。

1960 年代是香港现代主义的开初。香港作家梁秉钧（也斯）曾经这样形容 1960 年代的香港：

> 60 年代是一个复杂的年代，香港本身经历了由难民心态为主导的 50 年代，来到这个阶段，战后在本地出生的一代开始逐渐成长。在 60 年代的民生，传统的价值观念仍占主导的地位，但西方的影响也逐渐加强，带来了显著的冲击。外缘的政治变化对香港带来了影响，内地在 60 年代中展开了"文化大革命"运动，60 年代的欧美爆发了学生运动和人权运动，非洲国家经历了独立和解放运动，连香港本身亦因种种民生问题与累积的不满情绪而在 1967 年爆发了动乱。处在 60 年代的香港，既放眼世界的新变化，亦关怀国家民族的命运，这种种态度彼此既相辅又矛盾。而在原来偏保守与严肃的文化体制内也开始更分明地感到了青年文化的形成、商品文化的冲击。这种种政经、社会和文化现象形成了 60 年代的文化生态，当然也影响及改变了文学和艺术的创作、流传、接收与评论。

当时的香港因为难民的涌入和战后婴儿潮，人口从1960年的三百零一万，增长至1979年的五百零一万，其中很多是年轻人。新的人口结构提供了充足的劳动力，也带来医疗、房屋和教育上的压力。同时适值冷战时期，香港位处东西方夹缝，无论是内地政局发展，还是国际形势的急剧变化，都为本地社会带来挑战和机遇。1960年代的香港发生过许多反抗殖民暴力的社会运动，殖民当局也以警暴镇压。这些抗争一方面出于本地社会情况，另一方面也有冷战的影响。社会运动的升级迫使英国当局重新审视殖民政策，开始重视经济发展和民生问题。那一代人也甘苦与共，勇于尝试，工商业在这二十年间全速发展，创造了经济腾飞的机遇，为1980年代百业兴旺的局面奠定了基础。这时期香港的都市化步伐不断加快，在衣食住行、社会氛围和文娱康乐等不同领域，都有不少新事物涌现，为香港的普罗大众缔造了一种崭新的生活体验，既丰富了本地的物质和精神文明，亦带来了香港人本土意识的萌芽。

这种本土意识带着混杂性。解放战争结束后，内地文人、学者、艺术家和普通人纷纷来港，《华样年华》中也有一种上海人的生活气息。电影之所以对那种充满动荡又怀旧寻根的氛围信手拈来，是因为《花样年华》的美术指导张叔平和导演王家卫都是上海移民。王家卫出生在上海，来香港后住在尖沙咀；张叔平的父亲是无锡人，母亲是苏州人，两人年轻时先去了上海再来香港，朋友也多是上海人，就像电影里描绘的上海移民圈子那样。生活习惯、规矩和食物也是上海风格，因此他和王家卫很容易沟通，有些事情，譬如打牌的方法，譬如某些酒菜的式样，只要王家卫一说，张叔平就能明白。王家卫的另一部电影《阿飞正传》也关于上海移民。片中张国荣母亲的扮演者潘迪华便是当年在香港起家的上海明星，而电影里潘迪华角色的家居就是依照张叔平家布置的，家具款式相近，镜子的摆放方式更是一模一样。

张叔平也曾在访问中谈到，他把自己儿时对 1960 年代的记忆搬到了银幕上：他小时候住在百乐戏院上面的新东方台，常看着楼下的秘书小姐上班下班，每个人都穿戴漂亮，旗袍、高跟鞋、"恤"好的头发，这样才能出门。他母亲更是个"好贪靓嘅"女人，"所以说《花样年华》没有什么大不了"，只是受了母亲的影响。

有趣的是，旗袍作为《花样年华》的一个重要元素，张叔平本来要的是一种俗气难耐的不漂亮，结果却人人说漂亮。他知道上海人爱面子，不管家境多不好，出去见人总要风风光光，苏丽珍应该也是这样。"二战"时上海的现实主义老电影《乌鸦与麻雀》也有此细节：走投无路、不得不去问流氓借钱付房租的太太，出门前还是穿好旗袍，配开司米（cashmere）外套和珍珠项链，把头发梳得一丝不乱。这位女主角由旧上海最美的女演员上官云珠扮演，完全演出了那种落魄碧玉柔弱中带着坚毅的味道。《花样年华》的美术设计还有另一层考虑：人物的外表浮夸，是为了遮掩内心的脆弱和挣扎，"每一场戏都准备多件旗袍，一试走位，我便知道哪一件好看，感觉恰当"。同时，苏丽珍的艳丽旗袍使得梁朝伟扮演的周慕云更显暗淡。那个爱抽烟的老实秘书，在苏丽珍的艳丽和缤纷映衬之下，抑郁得让人心疼，每口烟都吐得愁云惨淡。这也是大环境的写照。

王家卫本人也是香港那一代移民潮的代表。他五岁时随父母移居香港，年幼时不会讲粤语，与人沟通困难，朋友很少。他母亲也面临同样的问题，于是，电影院便成了这对移民母子的避难所。他后来在访问中解释道："电影不需要语言也可以理解，它是基于图像的全球通用语。"熬过抑郁的 1960 年代，到王家卫出道的 1970 年代末期、1980 年代初期，香港电影业迎来了新浪潮，许鞍华、徐克、谭家明这些受到西方影响的年轻导演开始制作不同于邵氏兄弟、嘉禾娱乐这类主流工作室作品的电影。王家卫从香港理工大学平面设计专业毕业后，进入了由 TVB（香港电视广播有限公司）开设的编导培训班。一年后，他开始编写电影剧本，其中就包括谭家明导演的《最后胜利》，他也因此获得第七届香港电影金像奖的提名。无论是否以 1960 年代为大背景，无论是放在现代城市还是历史当中，王家卫电影的主题都能引起普遍共鸣。观众即使并未深入了解香港或内地的文化和历史背景，也能欣赏他的作品。这在《东邪西毒》中体现得尤为真切。这部作品用时两年，耗资巨大，广受赞誉。剧本颠覆了传统的武侠小说叙事，本质上是在讲述铭记与遗忘，任何文化背景的人都能理解。

如果说服饰和物质能烘托时代氛围，那么作为王家卫的御用女明星之一，潘迪华可能比张曼玉更能代表那一代的风华。她是《花样年华》中对张曼玉欲言又止、常常将"味道勿要忒好"挂在嘴边的孙太太，是《阿飞正传》中张国荣的上海养母，是侯孝贤《海上花》里的精明老鸨。出生在上海的潘迪华，见识过繁华的十里洋场，就读上海女子中学，听金嗓子周璇长大。潘迪华是家中的长女，据说除了照顾亲妹妹之外更要帮忙照顾父亲姨太太的几个儿女，大概是从那时养成了大姐姐风范。1940年代她随家人移居香港，看见"小香港"的广东人生活习惯，仍有着"大上海"的优越感，穿戴举止总流露出海派作风。潘迪华也有"旅行歌手"之称，是香港首位签约外国唱片公司的歌手。早于1960年代已经大胆创新，演绎了众多混合了各式音乐风格的作品。她更是超越时代的女性偶像，李小龙口中的她，领先时代十五年。2007年，李安邀请潘迪华作为音乐老师，在《色，戒》中指导女主演汤唯演唱具有老上海风味的歌曲《天涯歌女》，唱出了漂泊而凛冽的味道。

上海又为什么那么讲究外表？物质的意义何在？已故作家

木心曾说过：

> 上海人一生但为"穿着"忙，为他人作嫁衣裳赚得钱来为自己作嫁衣裳，自己嫁不出去或所嫁非人，还得去为他人作嫁衣裳。就旗袍而论，单的、夹的、衬绒的、驼绒的、短毛的、长毛的，每种三件至少，五件也不多，三六十八、五六得三十，那是够寒酸的。料子计有印度绸、瘪绉、乔奇纱、香云纱、华丝纱、泡泡纱、软缎、罗缎、织锦缎、提花缎、铁机缎、平绒、立绒、乔奇绒、天鹅绒、刻花绒等等。襟计小襟、大襟、斜襟、对襟等。边计蕾丝边、定花边、镂空边、串珠边等。[1]

之所以如此，是因为"那时候，要在无数势利眼下立脚跟、钻门路、撑市面，第一靠穿着装扮。上海男女从来不发觉人生如梦，却认知人生如戏"。

上海人来到香港，成为陌生之地的外人，原有资源、家人、生活方式，连同旧时代旧梦一起灰飞云灭，只得更讲究物质，一方面追忆旧世界，给自己一些鼓励，另一方面是为了在生硬的新世界里闯出一片天地。而适逢香港社会改革，经济腾飞，

---

[1] 出自木心《上海赋》。

脚踏实地、勤勤恳恳的一代人，在接连动乱之后遇到了一个相对开放的时代。

在《花样年华》里，王家卫镜头下的碧玉杯盏记录了那个时代的转变：既要美观又要实用，要上得了台面，要时髦，要洋气，还要有那么点矜持。这就是 Fire King 所代表的美国新经典的现代味道。

战后现代家庭：Fire King 在美国

诞生于 1942 年的 Fire King 曾被誉为"美国式经典"。Fire King 的生产和走红也和那个时代有关——简而言之，Fire King 所代表的实用兼优雅，是响应时代、刻意设计的结果。

"二战"后美国鼓励核心家庭，新的家庭市场需要新的耐用厨具。Fire King 的出现代表了一种百废待兴时期的生机勃勃，也代表 20 世纪下半叶美国通过战争恢复经济，作为世界最大的经济体和权力霸权，所推广的现代生活的模式。美国"家居女王"玛莎·斯图尔特（Martha Stewart）也曾大力推广 Fire King，可见它作为经典优雅厨具的地位。时装美剧《了不起的麦瑟尔夫人》（*The Marvelous Mrs. Maisel*）中，时髦少妇麦瑟尔夫人可谓那个时代美国中产家庭生活的代言人，她穿着束腰裙、用耐热玻璃器皿装着烤肉跑遍纽约的样子，让人忍俊不禁，也充满积极向上、意气风发的时代气息。

Fire King 不仅是一种新的日用品，其受欢迎度也标志着美国日常流行文化成为全球标杆的开始。和可口可乐、炸鸡等消耗品不同，Fire King 所标榜的耐用性本身就带着时间维度。半个多世纪后 Fire King 在亚洲譬如日本的走红，包括日本买下美国已经停产的生产线重新开始生产这批玻璃器皿，其中的怀旧意义不仅是物质上的，中古之美的热潮也反映出，发达世界在平缓甚至停滞的发展脚步中开始怀念曾经的起点。

Fire King 的产品以质地坚硬的硼玻璃制成，恍如玉石的翠绿色外观是其特征，而且 Fire King 杯碟都拥有良好的抗热性及抗腐蚀性，因此最初主要为美国餐厅制作餐具，厚重耐用的强化陶瓷（Restaurant Ware）系列是现时不少 Fire King 粉丝最想入手的设计。杯碟沿边带有放射性纹理的珍雷（Jane Ray）系列则是品牌首套专为大众家庭推出的家用餐具，虽然设计较为薄身且通透，但定价及入手难度亦相对较低，可以说是 Fire King 入门系列，Fire King 还有以下经典颜色纹路：

旋涡纹（Swirl）

贝壳纹（Shell）

钻石纹（Kimberly Diamond）

Jane Ray

爱丽丝（Alice，碟边有细小花卉）

而颜色上除了最经典的碧玉色（Jade-ite），还有以下颜色：

玫瑰粉（Rose-ite，和碧玉系列一样，也是半透明的嫩粉）

绿松蓝（Turquoise Blue）

彩虹（Rainbow，七彩碗碟，叠加成彩虹）

亮泽桃色（Peach Lustre）

Fire King 也不只有纯色，还有一些经典花纹：

报春花（Primrose）

勿忘我（Forget Me Not）

庆典玫瑰（Anniversary Rose）

香港 Artisan Garden Café 的 Fire King

香港的传奇

这本书原定的不少章节都基于我在英国时的收藏，包括Wedgwood 的碧玉浮雕系列、Royal Copenhagen 的唐草系列一些银器等。几次搬家留了不少给朋友，最后大部分都留在了美国。想着很快就回去取，结果却被破坏和丢弃。那些年颠沛流离依然小心收藏的宝贝，每一杯一盏都带着有一天能够安置它们的希望。搬到香港后心里戚切，一开始只用塑料餐具，因为不敢再倾注感情，怕带不走。然而实在无法忍受用难看的餐具吃饭，后来还是买了一些瓷器，比如 Johnson Brother's 的唐草系列，但不再购入古董。亚洲都市的节奏更快，空间也小很多，原先的收藏和生活方式不再适用。

直到遇见 Fire King。

刚搬来香港的时候朋友带我去过一些古董店和咖啡馆，其中一家主打使用已经停产的古董 Fire King，就是《花样年华》里出现的碧玉系列。所有饮料食物都用古董餐具端来，每一次去都惊艳不已。

后来常去港大附近的那家店，老板经常播查特·贝克，闲了就在柜台看书，这在分秒必争的香港有点世外桃源的意思。店里也有不少怪趣的东西，比如在天花板上爬的猴子，长着人腿的鸡。

最近发现他们在中环开了新店，店内音乐的风格有些不一样，多了经典摇滚，也延续了古巴远景俱乐部（Buena Vista

Social Club）那样的哈瓦那爵士，总体还是古旧自在的味道。发现分店也开售古董杯盏后，惊喜得不得了。

终于我在那里买了一套 Fire King 碧玉杯碟。有一点瑕疵，但还是美不胜收；回家已近黄昏时，依然被夕阳照得透润。

这就是香港自己的传奇啊。每个地方都有自己的历史，冲刷、沉淀着自己的古董和物质记忆。

2015 年，《花样年华》和《2046》曾取景的铜锣湾金雀餐厅结业。餐厅内的装修、陈设、灯光均充满香港 1960 年代情怀。在电影完成拍摄后，餐厅亦顺势推出二人享用的"花样年华海鲜套餐"和"2046 套餐"，让戏迷在店内感受气氛。2047 年以后，香港也许就像电影中的那列车厢，驶向无人知晓的未来。

香港 Artisan Garden Café

第四章

二手书的国度

旧书、绝版书与精装古书

就像前文提到的，英国的许多慈善店都设有书籍区，或干脆开设书店；在慈善店之外，世界各地也有更多二手书店，所有居住过的地方都有在旧书店流连忘返的回忆。爱丁堡的 Bookworm 和 Edinburgh Books，牛津的乐施会、Last Bookshop、St Philip's、Blackwell，波士顿的 Raven 和 Brattle……还有香港的清明堂（Bleakhouse Books）。

　　许多美好的回忆都与冬日黄昏的旧书店有关，有时周末漫步慈善店，会碰到在二楼看书的朋友全家。旧书店不但藏书丰富，工作人员也卧虎藏龙。在我做博士后的中部大学城有一家二手书店，地下室的书满谷满坑；有一次问哪里能找到萨尔曼·鲁西迪（Salman Rushdie）的《撒旦诗篇》(*The Satanic Verses*)，工作人员头都不抬地说"进门右手第二排书架，向前七步，然后抬头左手边"——一点不差。

　　有趣的是，英国还有座小镇以二手书著名，甚至曾经宣布自己是独立王国。

田园牧歌的代价：威尔士二手书店王国

在英格兰与威尔士交界处——布雷肯比肯斯国家公园（Brecon Beacons National Park）的最北边有一座特别的小镇名叫海伊，全名为瓦伊河畔海伊（Hay-on-Wye）。"Hay"来自中古英语（ge）haeg，在撒克逊与诺曼时期演变为Haie，意思是一片围栏地。它的威尔士名字是Y Gelli Gandryll，意为"小树林"。这个小镇在征服者威廉入主不列颠地区之后才发展成型。

每一位英国王子都会被封为威尔士亲王，但"正牌"威尔士亲王早在15世纪就已被英格兰"消灭"。正如2014年9月的苏格兰公投所表现出的英格兰与苏格兰之间不得不说的恩怨纠葛，英格兰与威尔士之间的故事也同样纠结。

1400年，最后一位拥有威尔士血统的威尔士亲王欧文·格兰道尔（威尔士语为Owain Glyndŵr，由莎士比亚英语化为Owen Glendower）反击英格兰统治，对抗英王亨利四世，于 1412 年战败并下落不明，威尔士成为英格兰王国的领土之一。

如今这个小镇是英格兰人（尤其是伦敦人）最喜欢的度假地区之一，但路上的标志乃威尔士语和英语并立。如此文化标志，其历史可见一斑，是傲气也是讽刺。

疯狂打造书香小镇

当地居民的数量只有不到两千。若不是一位疯狂的家伙自立为王，将这里打造成世界知名的书香小镇，这儿很可能会是一个逐渐被世界遗忘的角落。这个疯狂的家伙就是理查德·布斯（Richard Booth）。

他是土生土长的海伊镇镇民，从英格兰最古老的私立学校之一拉格比公学（Rugby School）毕业，这所学校的著名校友包括英国首相张伯伦（Neville Chamberlain）和《爱丽丝梦游仙境》的作者刘易斯·卡罗尔（Lewis Carrol）。牛津大学毕业后，他开始反思自己这一代年轻人的生活轨迹：无论教育还是事业，都选择远离家乡，走向大城市，将乡村抛在身后。

在自传《我的书籍王国》（My Kingdom of Books）中理查德提到自问：有什么能让这样一个依赖农业生产的小镇在经济上有所发展，在保持自身特色的同时跟上现代生活的趋势？他的答案是"书"。

理查德·布斯

　　除了搜集英国本土的二手书和古董书，据说他还选了几名海伊镇的壮汉前往美国，从那里即将倒闭的图书馆中，挑选了一大堆图书用集装箱运回威尔士。废弃的消防站是他的第一座二手书店。当地市政府的支持使他得以大规模开设二手书店，1970年代，海伊镇开始显露出"旧书之都"的风格。

海伊镇独立书国

　　1977年4月1日，理查德宣布海伊镇为独立王国（并且发行了护照），封自己为国王，封自己的马为总理。2000年4月1日，他成立"海伊国上议院"，册封了二十一名海伊国世袭贵族。虽然这些听起来都很可笑，但正是理查德异想天开的做法，为海伊国带来了蓬勃的旅游业，这让人不得不正视。

如今小镇每年接纳着五十万名来自世界各地的游客。在他的影响下，更多人加入了将海伊打造成书香之都的事业。

始创于 1988 年的海伊文学艺术节（Hay Literary Festival）更是让海伊镇声名远传，比尔·克林顿（Bill Clinton）曾经评论道："海伊文学艺术节是思想的伍德斯托克。"在 2004 年新年的册封典礼上（这次可是货真价实的），理查德·布斯被女王授予大英帝国员佐勋章（MBE），那些为旅游业而做的努力终于得到国家的最高认可。

出于对书籍的热爱以及对这位自立为王的怪人的好奇，我选择在海伊文学艺术节的时候访问小镇。

进入威尔士境内后便驶入山间小路，两旁尽是绿野，遍地牛羊，和大多数英格兰乡村分别不大。只有随处可见的威尔士语提醒着人们这里是威尔士。

我入住的是一栋乡村小木屋，风格非常浪漫。头天夜里初抵客栈时，客厅里的炉火和烛光正透过玻璃窗照亮铸铁护栏，一对年轻人在沙发上静静读书——壁炉边的书架上摆满了书；屋内的壁炉上方也摆着书，让人不觉莞尔：果然是书都。所有门都配着黑色的闩，钥匙是那种老式的柄，沉甸甸的，握在手里就很安心。浴室里也有各种书籍供房客阅读。

早上一起来就看到厨房里生着火，客栈主人在准备早餐。问要吃什么、喝什么，橙汁、红莓汁，还是石榴汁？一壶热茶端上来，一旁的长条桌上摆满自制果酱、刚出炉的面包和果仁麦片。木屋原为旧磨坊，痕迹清晰可见，厨房还保留着已经废弃的旧磨。生火用的干柴和煤块堆在角落。闻得不远处的水声，望去看见几只母鸡（据说一共是五只）在溪边优哉游哉。鸭子呢，据说一早顺流游水去了。

每天早上进城，在小镇上四处逛书店——旧书之都名不虚传！

海伊镇的书店

随街都是一架一架沉沉的书，书店鳞次栉比，不少废弃的庄园如今也成了二手书店，如同一座座书山古堡。光阴不但在砖石瓦块和雕梁画栋中留下了痕迹，也在书页中沉淀。

尽管发黄，在阳光下拍出飞尘，那些古董书籍依然充满特别的气息，许多绝版的书更在字里行间、遣词造句中充满逝去的优雅。有书友曾道，新书的选择非常有限，如果阅读兴趣广或冷僻，就不得不找旧书。

跟每本书的相遇都有背后的故事和缘分，藏书就如同收藏一段段回忆。是刘春英女士对《小妇人》一书的流畅译笔让儿时的我意识到历史（南北战争）的不同叙述方式；对照1938年傅东华译本的《飘》，尤其是书中卫希礼在战场上写给梅兰妮的信：我们为何而战？又如何在时代中认清自己？

多年后看奥逊·威尔斯（Orson Welles）的电影《伟大的安巴逊》（*The Magnificent Ambersons*），想起当年在书中读到的论述，同样触动。在海伊的旧书店看到初版的《宗教经验之种种》（*The Varieties of Religious Experience*），是威廉·詹姆士（William James）的经典著作，原本是他1910年受邀为爱丁堡大学吉福德讲座（Gifford Lectures）所作的演讲。而这本书也是我当年选择宗教学的原因。

多年后再见初印本，对其文风依然崇敬，对当年抉择毫不后悔，读到他开篇所言"我站在这张讲桌后，面对着好多博学的听众，实在怀着不少惶恐"，感慨不已。因此当年对爱丁堡大学神学院充满向往，在那里寒窗六年后，当初的敬畏依然是引路明灯。

小镇里最著名的书店自然是雄狮街（Lion Street）的布斯书店。

布斯书店的外表色彩斑斓，似姜饼屋，有人形容像发生在书店里的格林童话。书店不但卖书也设有休息区，让人可以带着自己喜欢的书，舒适地闲读一下午而不用担心被驱逐。在这里，我找到一本19世纪本地牧师的日记，有趣至极。日记将乡村景色描绘得梦境一般，但重点是记录教区聚会，比如吃的有"炖牛肉、烤鸡、猪肉派、三个苹果派、马铃薯泥、煮豌豆、家酿的果脯"，看得眼馋。

"国王"的照片印在明信片上，是把亨利八世用PS软件修成了理查德自己；那副吊儿郎当的歪斜眼镜让人忍俊不禁。文学艺术节的高潮是火把节（Globe on Fire）。听说国王也会参加晚上的火把节，我自然要去凑热闹。

英国这类自发的民间艺术节不胜枚举，很多人就以此为乐，一年四季不停歇地赶赴文艺盛会。除了促进旅游业发展，这对艺术爱好者也是个机会，有梦想、够努力就会有舞台。夜色中火光熊熊，表演一个个过去，国王终于身着"皇帝的新装"出现，向大家挥手致意。游客们激动地大喊"Long live the King!"（国王万岁）。这是典型的"异教徒"庆典，让人想起电影《异教徒》（*The Wicker Man*）里那座与世隔绝的小岛上的祭祀。在一片喧闹欢腾中，小小空地被高度仪式化，在火光的渲染下确实有若异域。

海伊小镇的奇迹美味

小镇的美食实属大英帝国的奇迹，随便一家小店都美味而且摆盘精致。据说是因为这里靠近几座英格兰工业城市而又免于被工业化的命运，大家更借此地怀念起乡绅生活，无意中把这个小镇变成了英格兰旧梦式的度假胜地。

头一天晚上吃牛排，配奶油蘑菇酱；第二天早餐在客栈有茶，吐司配自制果酱，还有奶油、烤番茄、豆子、荷包蛋、素香肠、烤蘑菇。

下午在一家古老的茶庄用餐，吃了著名的威尔士兔子（Welsh Rabbit），实由吐司面包和奶酪制成：因为视力退化，一开始没能从小黑板上念出成分……晚上在一家老酒馆吃威尔士肉饼"Fagotts"，配的是豌豆泥和马铃薯泥；另外有法式乳蛋饼，里面的馅料是梨、菠菜和羊乳酪。

另外有一天晚饭吃的是山鸡，垫了荸荠，配的是红莓酱。总而言之，威尔士中南部的饮食比苏格兰和英格兰都好，可能是托温暖潮湿气候的福。茶庄里有一道三文鱼，嫩嫩的粉红色鱼肉上铺一层酸甜的鱼子，底下是浓稠的柠檬酱汁；又比如下

威尔士农民的家常餐点——威尔士兔子

午茶里有一道面包布丁，里面加了香草籽，因此格外香甜。新鲜奶油浇下去，从味蕾、胃里一直满足到心田。

礼拜天，出于好奇到当地的教堂去做礼拜，居然有一则祷告是保佑威廉王子的婚姻爱情幸福。整个小镇都很传统，宗教仪式亦然，不停地焚香敲钟（哪怕新教中最保守的圣公会也未必如此），最后还有一段圣母诵经，乃保留天主教传统之至的基督新教。

但礼拜天的好处就在一顿午餐上，俗称星期天大杂烤（Sunday roast）。

小酒馆里人头攒动，白发苍苍的老板不知在这里住了多少年，旧友访问，谈笑风生。炉边不少读报的老人；烤牛肉配上胡萝卜、豌豆和马铃薯泥，餐毕一杯热茶，又是一个礼拜，日子无尽地悠然下去。架子上摆有好几副石刻的象棋。上一次下棋……已经是二十年前了吧。学会下棋之后就忙着念书升学，找个法子过日子。日子迅速地过下去，直到忘记了内容。

旧书之都这样田园牧歌般的生活太遥远。奥地利诗人里尔克在家信"塞纳-马恩省河畔旧书摊"（Les bouquinistes de la Seine）中写道：

有时候我从一些小店铺（Laden）旁经过，比如塞纳-马恩省河大街上的那几家。卖旧货、开旧书店或者卖铜版画的商贩，他们的橱窗里都摆得满满的。从来没有人走进他们的店铺，他们显然根本就没生意。但是如果往店里瞧瞧，就会看见他们正坐在那里读书，无忧无虑，既不为明天担心，也不为成功忧虑，他们有一条狗，舒舒服服地在他们前面趴着，或者有一只猫，猫儿顺着书架倏地溜过去，仿佛在擦拭书脊上的名字，这给屋子又平添了一份安静。

啊，这就足够了。我有时候真希望自己能买下这样一个摆得满满的橱窗，然后带着一条狗坐在橱窗后面，一坐二十年。

这就足够了，是诗人的语言，是梦者的呓语。囿于尘网的人有多少"这就足够了"的感叹？"海伊国国王"是追求田园牧歌少有的成功例子，绝大部分人都只是停留在幻想中，或不得不中途放弃。

想起中学时代的一位老师。兴致勃勃的年轻人，曾告诉我们他的理想是去法国做一名农民，在薰衣草田边唱歌。后来那位老师不幸患了骨癌，筹齐了款项才得以手术。但最终还是得知老师治疗无效过世的消息。很多年后，才突然开始明白老师当年每每谈论法国农村生涯时的沉醉表情。

从缮写室到国立文学博物馆：布拉格的斯特拉霍夫修道院

　　兴盛于中世纪的缮写室是如何在历史长河中延续至今的呢？这不仅有关与世隔绝的缮写室本身，更有关缮写室和修会是如何作为文化教育中心介入社会的。捷克首都布拉格的斯特拉霍夫修道院（Strahov Monastery）图书馆是个绝佳的例子。建筑物始建于 1125 年，被《纽约时报》誉为世界上最美的图书馆之一——华丽的胡桃木书架诉说着历史的挑战和修缮，记录了中古和近代欧洲的大小战争、现代世界大战和 20 世纪下半叶的历史。

瑰丽的波希米亚手抄本

　　斯特拉霍夫修道院属于一支非常小的修会——普雷蒙特修会（Premonstra-tensians）。该修会也被称为诺贝尔会，由圣诺贝尔（St. Norbert）于 1120 年在法国的普雷蒙特村成立，遵从基督教奥古斯丁（St. Augustine）教导的律修会（Canons Regular）。因为身着醒目的白色会服，普雷蒙特修会修道士在英国和爱尔兰也被称为"白衣修士"，与同守奥古斯丁教导的"黑色托钵修士"道明会（Dominicans）区分开来。

奥古斯丁修会是比较特别的一支，因为它特别注重文化教育和图书馆的传统，也希望改革神职人员的生活，强调修会与社会的联系。早在 1130 年的修道院规则中，就包括对图书馆员职责的明文指示。事实上，斯特拉霍夫图书馆也是因其对当地社会的重要性，才在历史风波中被保留了下来。当时波希米亚（今天的捷克）的文化还未发展成熟；正如前文所说的，中世纪的教会承担着文化教育的责任。有位叫金德里奇·兹迪克的主教（Jindřich Zdík）在巴勒斯坦朝圣时接触到一支有进步改革精神、同时讲究学习的普雷蒙特修会，大为赞赏，认为这符合他一直想为德奥地区建立律修会的想法。兹迪克不仅是位神学家，也是哲学家和外交官。他成功说服了波希米亚公爵弗拉迪斯拉夫二世（Vladislav II）在捷克建立了律修会。

公爵向布拉格城堡的建造者看齐，在 1258 年的大火烧毁最早的木质结构建筑后，采用了和布拉格城堡一致的罗马式教堂风格重建修道院。而修道院也履行了它文化中心的职责——这支律修会不仅作为当地的宗教中心而建立，更是文化中心。和修道院同时建立的是图书馆和学校，成为日后波希米亚地区

缮写室一角

的王公贵族接受教育的场所。而斯特拉霍夫修道院图书馆的第一批藏书，就是由修道士在这里的缮写室抄写的文本。1348年，布拉格成为神圣罗马帝国首都，帝国皇帝查理四世在布拉格建立了大学，也给这里的手抄本提供了良好的学术环境。这里的缮写室后来诞生波希米亚手抄本（Bohemian School of Illumination），以瑰丽著名。

左图：缮写室全景

右图：缮写室的生物标本

遭遇宗教战争的图书馆

在经历了大约两百年的发展后，斯特拉霍夫图书馆又迎来一场灾难——波希米亚战争（Bohemian Wars，也称胡斯战争，Hussite Wars）。战争起源是宗教改革家扬·胡斯（Jan Hus）被作为异端处死后，他的支持者在波希米亚各地开始反抗天主教会。审判胡斯的裁决者之一是位普雷蒙特修会修道士，因此斯特拉霍夫这座普雷蒙特会修道院也成了众矢之的。图书馆藏书据说被大量破坏，修道院本身也空置了十八年。一直到16世纪，斯特拉霍夫图书馆才在神圣罗马帝国皇帝鲁道夫二世统治期间得到修葺，变为今天的文艺复兴式样的风貌。

然而由马丁·路德开始宗教改革之后，与宗教冲突相随的统治战争愈演愈烈，新教统治者不愿放弃对教区的统治权，神圣罗马帝国的天主教首领也希望夺回对新教教区的控制。由是，波希米亚地区人民开始反抗当时统治神圣罗马帝国的哈布斯堡家族。在长达三十年多年的战争中，参战各邦国平均人口减少了大约四分之一到一半，马丁·路德改革开始的地方维滕堡的人口更减少近四分之三。瑞典军队的芬兰军团移走了斯特拉霍夫图书馆的馆藏，有学者猜测这批馆藏被送回瑞典，赠与瑞典女王克里斯蒂娜，而捷克在19世纪向瑞典索回馆藏时遭到了拒绝。也有人认为是芬兰士兵抢走了这批馆藏，后来葬送于芬兰的一场大火中。

无论如何，三十年战争之后，捷克开始了全国性的重建工程，而修道院和教堂最能体现这一历史时期的巴洛克风貌，斯特拉夫堡就是其中一个例子。我们今天看到的两座圆顶，就是典型的巴洛克式样。而今天斯特拉霍夫最著名的神学厅（The Theological Hall）也有特别的巴洛克书架，和罗马式博古架、歌德式书桌相辉映。书架侧面装饰有镀金的木刻旋涡，这些旋涡不仅是典型的巴洛克风格装饰，而且带有说明架上书目分类的标记。也是在这个时期，斯特拉霍夫修道院图书馆大大扩充了馆藏，包括神职人员和世俗学者的著作。1672 年，修道院长赫因海姆（Abbot Hirnhaim）立下了图书馆的使用规则。同时，修会也成功向马德堡申请到许可，得以在这里保存修会创始人圣诺贝尔的遗骨，这对修会来说意味着蓬荜生辉。

几经历史波折终于保留住馆藏

　　不过，到了 18 世纪，受启蒙主义影响的神圣罗马帝国皇帝约瑟夫二世决定改革天主教，让它变得更现代，能更好地与社会发展结合。譬如由国家而不是修道院接管大学，同时减少宗教假日的天数。他认为那些修士在"任何国家都是危险而无用的"，因此承诺要把修士转变为能够生产、工作的有用之人。他减少了一半的修士与修女数目，关闭了两千多所修道院与修女院，又查禁七百家冥想苦修院，空出的房舍则作为教育或慈善事业之用。斯特拉霍夫修道院图书馆在改革浪潮中再一次幸免——当时图书馆刚建造了哲学厅（The Philosophical Hall），收藏了有关哲学、物理学、地理学等现代学科的著作，还特意摆放了约瑟夫二世的胸像，以表明他们赞同改革。约瑟夫二世也因此认为图书馆的馆藏对当地的文化教育有特殊意义，准许斯特拉霍夫维持原状。讽刺的是，因为当时修道院大规模关闭，不少奥地利的修道院藏书辗转成了斯特拉霍夫的馆藏。

1939 年，纳粹占领捷克斯洛伐克并关闭了当地所有的大学，捷克也损失了大量图书馆藏，但没有关于斯特拉霍夫的损失的确切信息。1950 年代时，斯特拉霍夫修道院图书馆的馆藏书目有十三万。当时政府决定关闭所有修道院，但斯特拉霍夫被保留作为国立文学博物馆继续使用，还在 1946 年公开了一部分卡夫卡的手稿，请了卡夫卡的挚友和手稿的执行人马克斯·布罗德（Max Brod）演讲。由此，斯特拉霍夫修道院图书馆再次拯救了自己，也让今天的我们在瞻仰这座历史层叠纷杂的修道院时，拥有更深的感触。当年那些在缮写室抄写的修士，可能不会想到他们的心血在几经波折后，终于保护了这座知识的殿堂，也被保存在这里。

九龙的清明堂

说起香港的书店，大家可能想到的是闹市楼上那些狭小拥挤的空间。的确，香港并不是一个以书店闻名的地方。因为租金昂贵、工时漫长、交通拥挤、生活节奏匆忙，少有让人可以得闲翻阅书籍、随心阅读的空间、习惯和环境。

但这并不意味着香港缺乏精进的知识人或好书店。如果要购买中、英文学术书，我一般会去各间大学书店，比如位于港岛的港大书店（可惜已结业）和港大出版社书店，位于新界沙田的香港中文大学书店；如果想看看最近出版情况，则会去铜锣湾或尖沙咀的诚品。平时逛书店和买书，去得比较多的是油麻地的库布里克（Kubrick）和九龙工业区的清明堂（Bleak House Books）。

独立书店的一盏小小明灯

在香港的书店中，清明堂尤为特别，是一家销售二手英文书的书店。回到亚洲之后，我一直苦于购买英文书籍之难，清明堂则弥补了这个缺憾。因为难得空间开阔，那里也办过不少活动，因此成了我在香港最喜欢的二手英文书店。

书店老板是一对因为学术工作从美国搬来香港的夫妇。太太 Jenny 教授俄罗斯史，先生 Albert 原来是律师，来到香港后决定开一家英文旧书店。

他们的书店是一盏明灯。

清明堂所在的九龙钻石山站，近年因为佛寺志莲净苑而出名。而这个区域的旧工业区新蒲岗本身也颇有历史——曾经是香港旧机场启德机场的跑道所在区，在 1960 年代时是风生水起的工业地带。制衣、钟表、塑胶等本土轻工业在这里发展蓬勃，见证了那一代香港人勤恳努力之下的经济腾飞，也见证了"香港制造"的诞生，是工业时代香港对世界的贡献，也是香港作为一个国际都市与世界的踏实联结。但随着 1980 年代后期工厂北移，本土工业式微，新蒲岗的工厂生活和家庭手工业亦成陈年旧事。近几年顺应通过文创活化社区的潮流，新蒲岗也成了文艺、手作、独立出版等新兴文化经济的试验地之一，入驻的机构包括香港最活跃的剧团之一"糊涂戏班"。富有时代特色的工业建筑和街道，也让新蒲岗成为不少电影的取景地，比如香港导演杜琪峰曾在这里拍摄《暗战》。这两年开始的"新蒲岗地文艺游祭"，有"李伯伯街头书法复修计划"的李健明先生带大家欣赏新蒲岗的手写字招牌，还有从文学角度探讨新蒲岗历史变迁和趣事的活动。

清明堂书店的 LOGO

清明堂选择在新蒲岗工业大厦楼上开店，不但入驻了这一区丰厚的历史，也入驻了香港积极寻找本地文化的时代。二手书本身就带着历史，作为二手书店，清明堂也无意中通过书籍带动了各种历史的流动和交互。

用书店维护城市精神

Albert 出生在纽约，人生的上半辈子都在做律师。随太太搬来香港之后，他决定转变职业，顺便换一个人生来过。在做律师的时候，他曾经参与民权诉讼和犯罪辩护，觉得开书店可以继续实践自己有关维护人权的理想，因为书籍记录历史、记录时代、记录勇气。而书店作为公共空间，更给一个城市带来维护精神之所在。

为了让自己的书店与众不同，他们也动足脑筋。其中一项努力是积极运用社交媒体，比如 Instagram。他们每天都在 Instagram 上分享一本书，通常是和时事有关的书或是特别的古董书，总让人眼前一亮。也不时与读者互动，参与和回应这座城市里正在发生的大事小事。

　　他们在选书上也有一些特色。比如这里有非常全的古董企鹅版图书，也有各个时代不同版本的阿加莎的侦探小说，还有《纽约书评》（ The New York Review of Books ）的出版物。托俄罗斯史专家 Jenny 的福，店里历史哲学类书籍也非常系统，尤其是中国研究及和香港这座城市有关的书籍。

　　作为实体书店，他们积极成为香港社区的一分子，总是为大小活动免费提供场地。活动时，店主默默地在一旁聆听，拍摄视频，再分享到他们的社交媒体上。在这里举办的活动，既有严肃的公共活动，也有甜蜜的私人活动，比如求婚（还真有很多人在这里求婚）。

　　平日白天，经常可以看到背着书包的学生来这里选购书籍。香港的教育并不注重文学，喜爱英语文学有时会碍于资源而成为一种少数人的特权。二手书店的平价英语文学作品让年轻的学生们有了选择。店主精心的选购和安排，也让书店里出售的作品成体系地呈现在书架上。再加上温馨的布置，这里好像是自家客厅，营造一种自由阅读的氛围，哪怕不买书。让通常居住于拥挤住宅的居民能在这里找到片刻宁静和舒适，能坐在窗边、灯下，窝在扶手椅里，躺在懒人沙发里，或三两一起……清明堂提供的是一个难得的公共空间，是知识流传的地方，也是世外桃源。

这也是书店在今天的意义吧。

第五章

流光宴饮
温暖烛光映照的回忆

"我记得那些羊肠小径，穿过村子上方那些山坡上的农庄的果园和农田，记得那些温暖的农舍，屋子里有大火炉，雪地里有大堆的木柴……每一个在巴黎住过的人的回忆与其他人的都不相同。我们总会回到那里，不管我们是什么人，她怎么变，也不管你到达那儿有多困难或者多容易。巴黎永远是值得你去的，不管你带给了她什么，你总会得到回报。"[1] 对海明威而言，巴黎是他的青春，那些青春的岁月尽管贫穷，但是丰厚。对我而言，那些曾经生活过的地方也一样，我也会一直记得那些杯盏相碰的夜晚，那些热气腾腾的欢笑，或是烛光摇曳的风景。那些温暖的回忆是我永远流动的盛宴。

---

[1] 海明威，《流动的盛宴》，汤永宽译。

流光的咏叹调：爱丁堡的 Anteaques 茶室

说到英式下午茶，大家总容易联想到英格兰，尤其是简·奥斯丁笔下精致的古罗马温泉小城巴斯，或者以英国红茶出名的约克郡。其实苏格兰更令人惊喜。在苏格兰首府爱丁堡，除了市中心的王子街公园，还有许多风光更别致的地区和角落。譬如爱丁堡大学附近的尼克森街，古董店、慈善店、咖啡馆、旧书店和茶室鳞次栉比。

爱丁堡的小茶室：漫不经心的高贵底蕴

学校所在区的 "Anteaques" [1] 更是爱城中小有名气的茶室。它外表内敛而郑重，小小橱窗漆成正红，顶端有金色哥特字体的店名字样，两边辅以 "Artiques"（古董）、"Fine teas"（精品茶）

---

[1] 现已停业。

的说明，别无其他修饰。

推开沉重的古董檀香木门，凝固的时光便瞬间映入眼帘，仿佛走进维多利亚时代的晨室（morning room）：深红色丝绒沙发、暗粉色高背椅，白色绣花桌布浆熨得一丝不苟，覆着檀木小圆桌。精致的古董瓷器、古董收音机和各种古旧物件琳琅满目，上百种名目繁多的好茶收纳在朱色漆罐里，在架上一列排开。壁炉里的火似乎才刚刚温暖过一个长夜，贝利尼的歌剧随茶香荡漾，抬头是窗外的树影和日光。

Anteaques 茶室桌面

这么精致典雅的环境，器物摆放却极其随意：莱俪（Lalique）水晶雕盏在角落暗绽光辉，所有的银器都是古董，色泽安谧；上好的骨瓷茶具也是古董，经历了数不清的时光，在岁月中沉淀得更加温润，被几代收藏家悉心呵护后，它们的美更丰富，也更教人敬重。如有客人打翻古董茶夹（tea tong）或幼儿啃着银茶匙不放，也没人惊呼一声。

这份漫不经心中带着顽皮的傲气，才是真正的高贵气韵，在美国会被称为"豪门"（old money）。但苏格兰长期推行社会福利，生活得到保障的同时，普通人也能追求品位和品质。慈善店里古董的价格非常亲民，音乐会也一定有专为学生和老人预留的低价票，美术馆大多免费。在这样的城市生活，文化氛围浓厚但寻常，并不仅限于高高在上的小众群体，而是市民生活的一部分。

因热爱古董与茶点而开的茶室

Anteaques 的老板是一对亲和有礼的恋人，一个来自巴黎，一个来自英式下午茶发源地的约克。巴黎人塞德里克（Cedric）总是在一旁羞涩地微笑，擦拭银器或预备司康。他的伴侣因正业繁忙不能常来探班。他们俩一直都热爱古董和茶点，终有一天突发奇想：我们收集了那么多银器杯盏美人榻，白白放在家中岂不是可惜，何不陈列出来，与同道中人同乐？纯粹的古董店又太无趣，不如让顾客坐拥古董且以古董饮茶——于是有了这家 Anteaques。店名融合了"古董"（antiques）和"茶"（tea）两个词，有点狡黠又让人会心一笑。

因为所有器物装饰都来自两人的收藏，所以也让人觉得非常亲切和私密，在店里饮茶好像身处他们家的客厅。对我来说，那种安谧感，也好像回到儿时在祖母膝头玩耍的日子。这可能是享用古董下午茶最好的方式，而不是在富丽堂皇、簇新的店面或百货店。

如果春天去 Anteaques，菜单上还会有他们自己做的时令果酱。有一年春天尝过那里的薰衣草果酱，味道清甜，有薰衣草特有的馥雅，至今难忘。薰衣草来自他们自己的花园。记得当时店主和我说的一句话："如果你错过了今年的薰衣草，那么我们就得明年再见了。"

上图：Anteaques 茶室的双层蛋糕
　　　下午茶

下图：Anteaques 茶室的精致银质
　　　刀叉

海上旧梦：沙利文咖啡馆的故事

上海话有"老克勒"这个说法，指讲究生活细节且有一定阅历和生活品位的老先生。他们戴老式鸭舌帽、穿牛津鞋、打领结，冬天戴格子围巾，秋天穿风衣。喜欢悠悠地喝咖啡，喝红茶要放柠檬，早餐喜食牛奶麦片。每一条皱纹、每一个欣慰的笑、每一步颤抖的行走都是外人难以想象的或不愿去揣摩的真事隐。

老克勒舅公

舅公被认为配得上老克勒这一称号。其家中原是丝绸大户，少时的经历像极巴金笔下《家》的故事：爱上表妹，家长却为他娶了同样乡绅家庭出身但破落在先的姑娘——大概是为了省几个聘礼钱。二人婚后始终冷淡相对，新妇脸上少见笑容。

以土地为基础的乡绅式家庭迅速没落，大少爷随着兄长来到上海做洋行——大人笑说这就是"地主阶级"的"买办化"。

淞沪会战打响后洋行倒闭，旧宅也被战火所毁，全家逃到租界做难民。而当租界沦落成孤岛，舅公依然没有工作。根据老人闲话，每天早晨他依然西装笔挺地出门。他在租界穿过曾经最爱的沙利文咖啡馆（Sullivan's Hot Chocolate），从后门进、前门出，这样可以沾得一身咖啡香；随后在复兴公园捡一份西文报纸——已经买不起报纸了——坐在长椅上看一天；傍晚吹着口哨返家。

沙利文咖啡馆，当时位于南京路。老板姓沙利文，英文名则是热巧克力，以英式红茶、小壶现煮咖啡和西点出名。静安寺路（今南京西路）和麦特赫司脱路（Medhurst Road，今泰兴路）交口上的另一家两层英式建筑是它的分店，有电唱机、临街落地长窗，楼下有火车卡座，楼上多是小圆台，餐台上都铺着绿白方格的桌布，风格清雅。比较与众不同的一点是侍者有一半是白人，主要语言为英语，这使得到沙利文咖啡馆进餐饮茶成了一种西化的身份象征。

舅公每日进出咖啡馆又在公园读报，看似清闲和清高，实际是在找招工广告。无奈当时洋行和外资企业纷纷撤离，西文的优势不再。家中只能靠舅婆与祖母绣花养家。舅婆为了绣花而熬夜，结果染上了烟瘾，每工作一小时就要抽烟提神，直到深更半夜。不久后，十多岁的祖母去日占区虹口的工厂当了童工；去虹口必须经过一座外白渡桥，在李安的电影《色，戒》

中有细致的描绘：当时外白渡桥由日本士兵守卫，中国人若过此桥则必须向日军鞠躬。为了避免向站在外白渡桥的日本兵鞠躬，年少的祖母坚持每天绕路，多走一个小时上班。

回忆起沙利文咖啡馆，祖母总是带几分埋怨的心酸和几分无奈；但也是那座咖啡馆，给不知如何面对突如其来的贫困、战争和分崩离析的世界的那位年轻人，在每早的杯碟轻响和慢声细语中带来了些许的温暖和希望吧。

后来的舅公

关于舅公后来的故事，父亲是这样写的：

外公后来在"文革"的第三年病死，"克勒"舅舅来上海办丧事，尽管这时他自己也是在五七干校养猪，不过走在上海街头，一身打扮：短袖的府绸衬衫，下半截束在白色西装短裤里，脚蹬一双白黑间色的镂空风凉皮鞋，依然是"克勒"。

办完了丧事，一起聊天，说自己两个女儿穿得太土了，"以后把我在国外买的连衫裙给她们穿上，一起到南京路上走一走，肯定后要跟上一大批"——我的这两个表妹在幼儿园时，我妈妈带她们到照相馆拍照想寄给她们的爸爸，后来照相馆把两人的合照放得比真人还大，放在橱窗里做起了广告。

外婆去世后，舅舅就很少回上海了。两个表妹在中学毕业后都去了南方。我结婚的时候到了南方旅游，住在舅舅家，白天看着他西装笔挺地出去上班，晚上聊天，古今中外，天南海北，兴致极高。

奇怪的是，"克勒"舅舅到了晚年却非常怀旧，来信里经常要讲些儒家的警句，而原来的洋文味道倒是没有了。更可惜的是，几年前得了老年痴呆症，除了我舅妈、我妈妈和他自己的女儿外，其他人一概都不认识了。

那是20世纪上海滩无数挣扎的人生里面一个小小的注脚。好比移居美国的海派作家木心在《上海赋》里写的：

过来之人津津乐道，道及自身的风流韵事，别家的鬼蜮伎俩——好一个不义而富且贵的大都会，营营扰扰颠倒昼夜。豪奢泼辣刁钻精乖的海派进化论者，以为软红十丈适者生存，上海这笔厚黑糊涂账神鬼难清。讵料星移物换很快就收拾殆尽，魂销骨蚀龙藏虎卧的上海过去了，哪些本是活该的，哪些本不是活该的；谁说得中肯，中什么肯，说中了肯又有谁听？

因为，过去了，都过去了。

20 世纪初十里洋场的蝴蝶幻梦

　　20 世纪 20 年代至 40 年代的上海所呈现出的那畸形的繁华，正如木心所说，看似炫目，实则春秋大梦，只待战争与革命将其摧毁。各国租界形成的治外法权与本地大亨黑帮共参都市秩序，外忧内患，市民慎诺生活，谨守寸光阴。螺蛳壳里做道场，洋场沉沦蝴蝶梦。但上海接纳了来自世界各地愿意放弃、挑战和改变传统的人，并将他们的文化融会贯通，成为一座兼具开放性和契约精神的都会。

　　哪怕命中注定会夭折，也还是值得纪念：那些杯盏中叫人依偎的味道，是 20 世纪的苦难中一道美好的曙光乍现。

　　沙利文咖啡馆初名为沙利文糖果行（Sullivan's Fine Candies），沙利文自任经理。美国左翼记者、《西行漫记》的作者埃德加·斯诺（Edgar Snow，1905—1972），就是在那里邂逅了他的第一任妻子——时任美国大使馆秘书的海伦。南京路旧址店面于 20 世纪 60 年代拆除，改建为华东电管局大楼。1922 年该商行被一美侨雷文（C. H. Ravan）接盘，英文名改称 Bake-Fine Bakery，中文名照旧。1925 年，该行吸纳社会股份而改称沙利文面包饼干糖果公司，在美国俄亥俄州注册，英文名为 Bakeries Co. Federal Inc.，并在新闸路开设工厂，其面包、饼干、糖果、糕点享誉上海，以至于"沙利文"在老派沪语中常被作为糖果饼干的代名词。1949 年以后，该公司与马宝山糖果饼干公司等合并为上海益民食品四厂（后上海光明公司），是为上海糖果饼干的主要生产工厂。

去巴斯，和简·奥斯丁一起跳宫廷舞

无论时代如何变迁，大家对英国的想象总离不开简·奥斯丁，离不开那个逝去时代的优雅细节。宫廷舞、下午茶、骨瓷、银器、屈膝礼、绅士的晨礼服、礼帽……

所谓英国文化自然更复杂，其中包括被《唐顿庄园》这样输出精英主义和帝国想象的英剧所歪曲的工党的兴起，包括大众对社会福利政策的争取、社会运动、阶层历史带来的不公。

D. H. 劳伦斯的经典小说《查泰莱夫人的情人》对这些隐藏的社会面向有犀利剖析。在 1981 年改编的电影中，热爱文学的英国演员谢恩·布莱恩特（Shane Briant）将在"一战"中负伤而阳痿的年轻爵爷克里夫的英俊和病态都表现得恰到好处，庄园也在导演贾斯特·杰克金（Just Jaeckin）的镜头中显得古朴而苍凉。原著小说本身对维多利亚时代至乔治五世时期的男性气质转变已经有精确的捕捉。

社会结构改变导致阶层松散

维多利亚时代伊始，社会结构发生改变，固有贵族阶层变得松散，城市新贵有了晋升可能。绅士不再是仅仅局限于出身的头衔，而成为一种道德品质和社会规则。绅士在社会中的泛化使其标准更为可及：曾经不在公共话语中出现的身份有了明细规则。譬如小说《简·爱》中的男性角色——牧师、商人、医生、教师——都并非绅士阶层出身，但他们都以绅士教养为目标，也以此自居。到了乔治五世时期，也就是劳伦斯写作的时候，中产阶级更成为社会中坚力量，绅士也被赋予新的意涵：努力、上进、有社会和家庭责任感。这其实与绅士阶层本身的属性相悖：传统贵族并不工作，甚至鄙视职业，认为那太中产阶级。

如果大家看过《唐顿庄园》，可能还记得第一季中老夫人对身为律师的爵位继承人马修提出的质疑：

马修："我平时会继续工作，周末来打理庄园。"
老夫人："呃……周末是什么？"

剧集中也有多次提到："我希望不会显得太中产阶级。"（"I hope it's not too middle-class…"）

对简·奥斯丁时代的传统绅士阶层而言，赋闲是美德，但中产阶级在改变绅士的定义时，也改变了这一点。因此在《查泰莱夫人的情人》出现时，阶级鸿沟已在一定程度上遭到反思，出现于19世纪末期的工党也在20世纪20年代初的大选中取代了自由党的地位，并在1924年首次执政。因此贵族夫人康斯坦丝与附属庄园的劳工奥立佛之间的情感，也可看作是对社会变动的一种回应，既提醒人们既有阶级问题的禁忌，也对劳工阶层的生命力和能动性赋予想象。

爵爷从战场回归庄园之后，似乎就失去了与外界的联系和生机（哪怕没有残疾），所有生活都在庄园内。这种男性的内向性显得过时，因为外界的一切都在蓬勃发展。而《查泰莱夫人的情人》还有另一层社会语境："一战"对英国精英阶层的摧毁。战争时贵族须最先投身，这也与中世纪制度中骑士必须效忠领主的传统一脉相承。"一战"的直接作战方法葬送了大批将士，其中有参战义务的贵族男丁的死亡率，几乎是其他士兵的两倍。第一次世界大战是自血洗南北英格兰的玫瑰战争以来，贵族死亡数量最大的事件，在民间也被称为英国贵族的大屠杀。因此瘫痪和阳痿（一蹶不振）的不只是那位年轻爵爷，还有一整个精英阶层。

对情感的自我控制是旧时代绅士的品格之一。流露情感被认为俗不可耐，"自然"，包括人类情感和欲望，都需加以节制和修正。贵族的严峻冷淡与工人阶级的野性恰好相反，这种灵与肉的对比，在更早期的英国小说《呼啸山庄》中也有体现：苍白的小绅士埃德加对比野兽般的希斯克利夫，2011年改编的电影中对此更有直接的表现。劳伦斯终生致力描绘工人阶级英雄（working class hero）的生命力，也对抗着传统英国社会对情感和本能的节制。劳伦斯笔下随时代逐渐茁壮丰满的工人阶级英雄形象不但体现在肢体上，更体现在精神上。许多人认为劳伦斯本质化了工人阶级，但实际上劳伦斯在其他小说中也致力于体现工人阶级的柔韧性。比如在小说《亚伦杖》（Aaron's Rod）中，才华横溢的矿工在佛罗伦萨得到教育和社交机会，能与知识分子和艺术家平等地谈论艺术、政治与哲学。因此他并不认为阶层与出身能决定智力和能力，关键在于公平的机遇。更为可贵的是，劳伦斯周游世界，试图寻找西方基督教文明之外的人性光辉，以及不同的社会形态如何能够带给人类社会不同的未来。在小说《羽蛇》（The Plumed Serpent）中，劳伦斯描绘了墨西哥革命者。非基督教的文明在劳伦斯的时代仍然常被认为是异端，劳伦斯的追寻也象征了对西方主流文化的挑战。

自矜和克制依然是相对的习惯，也使得英国人常有情感疏离、无法接近的名声——有时还要加上固执。而劳伦斯已经敏锐地观察到不断逐渐消亡的生活方式和旧秩序。如同1981年版《查泰莱夫人的情人》剧中的结局：查泰莱爵士眼看爱人随人远去，悲愤却依然矜持高傲，只有苍凉空旷的领土上回响着沉默的心碎。

宫廷舞完美诠释旧日的英式矜持

这些旧时代的矜持，可能在宫廷舞中得到了最好的诠释。奥斯丁在不少作品中都曾描绘年轻人如何在规则严格的社会环境中，通过舞会得到亲密接触的机会。在戏剧化奥斯丁本人生平的电影《成为简·奥斯丁》（Becoming Jane）里，女主角也狡黠地说过："大人，舞会对社区的年轻人来说是无法替代的福泽。所有符合礼节的交谈和起坐都在至高无上的礼节中完成。"在那个时代，舞会是难得的社交场合。

奥斯丁时代的摄政舞（Regency dance），因为在摄政王乔治四世时期流行而得名。尽管摄政王在位不过九年时间，从1811年到1820年，但"摄政风格"却影响了更长远的时代，其以优雅别致出名，影响了建筑、设计、服装、艺术、文学等领域。我们现在看到的摄政舞，也包括了英格兰乡村舞的元素：年轻人分两队入场，按照性别分站大厅的两边，由最重要的女宾和她的舞伴开场。

奥斯丁时代的摄政舞太令人怀念，于是在今天的英格兰小镇巴斯（Bath），也是奥斯丁曾经居住的地方，设立了简·奥斯丁节（Jane Austen Festival），摄政舞也是每一次节日的高潮。

奥斯丁本人的背景其实并不精英或高贵，正如《成为简·奥斯丁》中所描绘的那样，她的父亲是一位清贫的牧师，家里兄弟姐妹众多，经济拮据。父亲去世之后，她和姐妹不得不依靠亲友资助，四处辗转，最后在温彻斯特去世。在巴斯生活的几年是在父亲退休之后，可能是合家团圆又相对安稳的一段时间。

巴斯的大部分建筑建于乔治四世时期，有非常典型的新月住宅，大气而开阔。奥斯丁虽然没有在这里写成太多作品，但不少改编她的小说的作品都在这里取景，巴斯也被认为最能代表奥斯丁时代的气息，也就是摄政王时期的优雅和辉煌。

今天的巴斯依然清新、美丽和优雅。它在奥斯丁时代就是旅游胜地，因为有温泉水，被认为有疗愈作用，使得许多人都趋之若鹜。巴斯在罗马时期就建造了古浴场，浴场的英文是bath，巴斯也因此得名。在当代，巴斯因为奥斯丁而更为游客所热爱。

在巴斯的奥斯丁中心可以看到她的生平，以及她笔下小说人物和故事的介绍，还可以试穿当时的服饰，亲身感受几个世纪前的生活。

更有趣的是上文提到的简·奥斯丁节，节日始于2001年9月，大致为期一周。举办时间最长的一次简·奥斯丁节进行了十天，共有超过三千五百人参加。每年活动都会邀请参与者穿上奥斯丁时代的服装，内容包括讲座、表演、音乐会、舞会、戏剧、工作坊等；加上巴斯的城市景观依然在很大程度上保留了奥斯丁时代的古风，仿佛时光倒流，穿梭在逝去的风华之中。简·奥斯丁节还有时装游行，大家都穿上摄政风格的服饰游城，从奥斯丁中心出发，参与者包括孩童、年轻人、乐手、舞者、退伍军人、退休老人等。

简·奥斯丁节的时装游行

简·奥斯丁节还包括夏季舞会，是一项盛装活动。舞会门票包括入场费、舞蹈、娱乐和自助餐。

不少朋友都曾参加简·奥斯丁节，他们背景迥异，每个人都对奥斯丁有自己的理解。简·奥斯丁节的娱乐开放性可能是现代社会进步的产物——对逝去风华的追念未必都助长偏见，在旧物和古董中也有纯粹的珍惜，价格平实的二手店让普通人也能享受那些复古服饰。巴斯本身也有很多慈善店，其中物品大多保存精良，看得出过去使用者的爱惜。当巴斯的简·奥斯丁节成为人人可以参与的全民盛会时，奥斯丁时代刻板的阶层和礼俗也被拓展开来，让所有喜爱历史文化的人，都可以经历和感受那些复古的美。

爱尔兰的
绿色生活

多年前当我开始记录和分享自己的绿色生活的时候，不少朋友都给了正面的鼓励，也分享了他们自己的绿色生活经验。我索性开始了一个访问系列，邀请朋友们来谈谈他们的故事。每一位受访者的故事都让人收获丰硕，并有所领悟或感动，但下面一篇之丰富和灵动尤其动人。

分别研究语言人类学和凯尔特（Celt）文化的夫妇，才华横溢，无论做什么都带着些与众不同，朋友戏称他们为"精灵家族"。精灵家族为大家分享阳光下闪烁的海水，松针和栗子，以及他们在科克、安达卢西亚和卫城的经历。不但有许多细拣人生的智慧，也带大家领略一个在时代更迭中蜕变和沉淀的欧洲。

他们后来搬去了都柏林，继续用他们的方式享受着绿色生活。

Q：如何称呼您?

A：费格尔（Fejgl）。

Q：目前在何处居住? 还喜欢吗?

A：科克；很喜欢。

Q：能否介绍一下这个地方? 比较吸引您的地方在哪里?

A：科克是爱尔兰第二大城市，近西南海岸港口，市中心在谷地，以
两个教堂为中心的旧城沿一面丘陵铺开，大学和近旁的住宅区沿
另一面丘陵伸展，景致非常立体。城市近海，气候温和，树林河
流充满野趣，公园宁静美好的风景使我想起拉斐尔前派的绘画，
中心区亦不乏欧洲小城那种精致艺术感的生活气息。科克也是赴
西海岸一系列美丽的森林湖泊和海港城市的中转站。

Q：平时会去哪里走走? 有哪些爱好?

A：科克市政图书馆的童书部非常理想，有来自全欧洲的童书，更新
周期很快，借书时限也相当长，馆内还有绘画和游戏区，所以周
末会带儿子去市政图书馆看书或去大学体育馆游泳，天气好就
去公园野餐，春季采摘花木，秋季拾捡落叶果实，又或坐巴士出
游，去森林湖区或海滩小游。

Q：有没有因为爱好而特别收藏的东西？或者分享您特别喜欢并推荐的生活小秘诀？

A：我和先生喜欢逛二手书店，先生收集世界各地语法书，我主要收集日尔曼民间文学。我本人还喜欢收集书签、藏书票和钱币。我们同时也是慈善店的常客，除了书籍，买得最多的是二手的古典或民谣音乐CD。只要孩子在厅里玩，我们就会让他自己选一张CD播放，并不做限制或过多解释音乐的内涵，不到半年我们就发现他有一些特别喜欢的音乐类型，看起来日后会很喜欢学吉他或笛子。我们两人都在博士论文写作的最后阶段，平时非常忙碌，也很少钻研育儿经，唯一能称得上经验的就是不要用复杂的玩具限制孩子的想象力。我们的儿子可以把松果或石头想象成复杂建筑或太空船，能把面包啃成浴盆或小猫的形状，但汽车模型就只是汽车模型。所以我们倾向于让他自己发现和收集玩具，不拘是盒子、板栗、花蕊还是甲虫，只要他想带回家就让他捡回家，购买最多的是体育类或绘画类的玩具。

Q：怎么会开始喜欢二手货的呢？

A：其实是刚到欧洲留学的时候发现慈善店里有很多美丽又不贵的衣物、包、本子、邮票、书签和钱币，然后就不时逛逛。收集钱币的习惯是缘于父母。父亲是生态学家，曾去世界上很多地方研究森林，从我儿时起他就从每个去过的地方给我带回钱币，后来我开始自己整理和收藏。父母都爱收集邮票，母亲尤其有耐心整理非常精致的邮票册并设计排列的方式，所以我后来无论去哪里旅行都会收集一些钱币并给他们带邮票。

Q：在淘二手宝贝或生活方式上，有没有哪些心得、故事可以分享？
A：我们的 DIY 婚纱照是请我母亲担任摄影师，并由自己搭配衣物的。我穿的是雅典卫城居民区小店里淘来的白金线衣，搭配牛津慈善店购买的黑色蕾丝长裙；先生则是用西装搭配苏格兰小店里淘的男式格子呢裙。蜜月旅行时我穿的是西班牙安达卢西亚二手店购买的弗拉门戈舞者穿戴的裙子和帽子，搭配都柏林慈善店购买的上衣和巴黎香榭丽舍大道卖品会上买的项链。我最喜欢的藏书票来自布拉格、布达佩斯和巴塞罗那，除了巴黎拱廊街，巴塞罗那兰布拉大道同样有我见过的最精致的二手艺术品市场。我的钱币收藏里比较稀罕的大概是父亲带给我的民主德国与联邦德国的成套钱币，以及非洲一些国家改制前的钱币。我自己最喜欢的是欧元之前的欧洲钱币，最美的是波罗的海三国的硬币，立陶宛的骑士硬币是最爱。欧元也有收集，觉得最美的是圣马力诺、马耳他和希腊的欧元硬币。

　　至于心得，我想大概就是"收集"的理念。由于一直是学生身份，我们都很注意生活上的节俭，收集也会顾及生活空间、搬家的方便和奖学金有限等等事实。而且我喜欢随缘，去了一个地方买东西找回来的钱就看看值不值得收集，但不会特别去花钱买和凑钱币，也不会收集大面值的纸币或钱币。

太感谢费格尔丰富的分享。不但淘宝体验与众不同，连育儿经也是。在阳光下奔跑的枣枣，与银杏叶、栗子与甲虫，还有诗集、文学和古老语言一同成长，宽心而灿烂。

另外，特别赞同费格尔对旧物和收藏的心得：爱上二手货本是为平价，大大方方。生活的"丰"和"俭"，需要自己体会与衡量。

从耶路撒冷到罗马，看见旧物的永生力量

旧物让人看到更广阔的存在和时间。因为对旧物的喜爱，我结交了许多朋友，听到很多故事，包括忘年交，比如神学院的导师S。他祖辈因为是传教士的关系，曾经到过亚洲；他也对亚洲感兴趣，对留学生都非常亲切，尽可能地提供帮助。有一年，老人家的旧宅因为年久失修，厨房的天花板突然坍塌，他不得不将所有旧物集中整理。而我出于对旧物的热爱和天生的八卦雷达，自告奋勇去做帮手，因此见到许多历史久远的宝贝，也听他讲述了自己家族的故事：

S的外祖父母由苏格兰首府爱丁堡出发，搭船前往中国东北。在他们当时的祷告里，可能没有念及囹圄：在侍奉异乡的教会二十多年后，"二战"爆发了，这对夫妇作为异乡客，被日本侵略者投入大牢。

他们的女儿，也就是S的母亲，在烟台出生长大，当时刚

回到英国升学，因为战争的缘故与 S 的外祖父母断了音讯。S 的外祖母从监狱逃生后，便开始了漫长而艰辛的寻女路。她从沈阳出发，至西伯利亚搭火车，沿西伯利亚铁路穿越沙俄，回到欧洲。确定女儿身在爱丁堡且安然无恙后，又计划辗转再回中国，因为事工未完。

她从爱丁堡坐火车到邻城格拉斯哥，从那里登船横跨大西洋，停泊于加拿大东岸，再从不列颠哥伦比亚省坐火车横贯美洲铁路。最后，求一名大副带她搭船跨太平洋，回到中国。

就在 S 的外祖母为女儿与教会冒着生命危险翻山涉水的时候，S 的父亲，一名同样被日军捕获的苏格兰年轻人，被日军抓去在南亚建桂河铁路，即电影《桂河大桥》(*The Bridge on the River Kwai*) 中大桥的历史原型，他私下偷偷挖地道预备逃跑，不料空袭的炸弹在他身边炸开，地道几乎变成坟墓。

S 的父亲奇迹般地活了下来，流亡至马来西亚，并在那里白手起家。

1947 年，战后的苏格兰。S 的父亲和母亲，一对曾在异乡逃生的年轻人在教会相遇。相似的经历与价值观让两人一见如故；于是，像所有苦尽甘来的故事那样，一见钟情的二人很快便举行了婚礼。新郎携佳眷回到吉隆坡，S 就在那里出生。

基于家族先辈的独特经历，很多年后，S 给自己取了个意味深长的中文名字：修华。像大部分英国老人那样，S 珍视历史和所有从历史中流传下来的物件，尤其是先辈们从亚洲带回来的古董或小玩意儿。哪怕是一盏五颜六色的纸灯笼，他也珍藏至今，只因儿时在海滩上赤足奔跑时所见的明媚颜色，是曾经点亮回家路的光。他的先辈以"外邦人"的身份进入中国的土地，肩负着向基督教"外邦人"即中国人传播福音的任务。曾经是异邦的流亡者，他们之后却把异邦视作家乡。"外邦人"的拉丁文是 Gentiles，表种族、归属意，又特指非犹太教徒（未受割礼）；而在《圣经·新约·以弗所书》中，保罗对外邦人传教，告诉他们即便是外邦非犹太人，只要在耶稣基督里借着福音，便得以与犹太人同属上帝的家庭，与神子同为一体，同蒙神的应许。身体和物理上的区别乃尘世面具，心灵的归属感才可做人的界定。

S 反复强调：神真的会应许归属他的子民啊！是五月花差遣他的外祖父母去远东，二人几乎为此丧命；然而奉此差命半个世纪后，他们的女儿在这家教会遇见了拥有同样传奇经历的良缘并携手终生，好似是他们用生命去信奉的上主通过教会来补偿他们曾经的艰辛。

"您还记得马来西亚吗？"我从满屋的杂乱陈年物品中拣出那里的一台钟和一只碗问他。

"记得。雨水落在屋顶上的声音，滴落到身上沁凉。一直到现在，有一次家里漏雨，我还以为是梦回了马来。"

大约在公元 67 年，几乎是半本新约的作者——使徒保罗在耶路撒冷被捕，并被押往罗马受审，在那里殉道。他生前踏遍欧、亚、非三洲，到过安提阿、塞浦路斯、马其顿……他不念性命，广建教会，被认为是早期基督教最有影响力的领导者之一。像 S 的外祖父母那样，保罗亦终生致力于向外邦人宣教，不以生理上的差异来区别人群，而强调在宗教信仰中的同一。信仰者代代复述保罗的生平，好比 S 告诉我他的家族故事：在后人的不断叙述中，这些历史人物重获新生，而他们的故事又丰富了我们的生命。

　　除去宗教背景，这些时光的碎片也拼凑出另一个故事：异邦的点滴已与他们不可分割。马蹄遍踏、楼台烟雨、千愁万恨，都随光阴萧萧去；而这些异乡的什物——钟表、灯笼、瓷碗——却留了下来，作为他们用生命坚守信仰的见证。所谓传家宝，流传的不仅是古旧物品，也是先人如何理解与建构世界的记忆。

　　与朋友重观《爱在黎明破晓前》，忽然留意到一个细节：男女主角两人走进维也纳城中的教堂，女孩道："虽然我反感绝大多数宗教行为，但却忍不住和来到这里的人共情：他们失落、痛苦、自责，便到这儿来寻找某种答案。一个地方能汇集世世代代的喜怒哀乐，这让我觉得不可思议。"一栋建筑长久屹立，为无数陌生人提供一片空间，包容人间的得失与悲喜。

也许是这样：对"物"的控制与占有，终究脆弱。对"物"背后的智慧的追寻与反省、通达与承担，才可穿越时与空的物理限制，让人心清朗，长久而永续地给生以力量。

文 景

社 科 新 知　文 艺 新 潮

Horizon

旧物的灵魂

郭婷 著

出 品 人：姚映然
责任编辑：王　萌
营销编辑：高晓倩
封面设计：尚燕平
美术编辑：安克晨

出　　品：北京世纪文景文化传播有限责任公司
　　　　　（北京朝阳区东土城路8号林达大厦A座4A　100013）
出版发行：上海人民出版社
制　　版：北京印艺启航文化发展有限公司
印　　刷：北京启航东方印刷有限公司

开 本：787mm×1092mm　1/32
印 张：6.25　　字 数：108,000
2024年5月第1版　　2024年5月第1次印刷
定 价：68.00元
ISBN：978-7-208-18747-4/G·2181

图书在版编目（CIP）数据

旧物的灵魂 / 郭婷著. -- 上海：上海人民出版社，
2024
　ISBN 978-7-208-18747-4

　Ⅰ. ①旧… Ⅱ. ①郭… Ⅲ. ①散文集－中国－当代
Ⅳ. ①I267

中国国家版本馆CIP数据核字(2024)第034546号

本书如有印装错误，请致电本社更换　010-52187586